BoD
BOOKS ON DEMAND

AF198614

Das Buch

Shaddow sitzt seit mehr als einem Jahr in Fuhlsbüttel im Knast und sinnt nach Rache. Er schmiedet einen ausgeklügelten Plan, um aus Santa-Fu herauszukommen. Marco und Jana haben die Geschichte mit dem berüchtigten Luden vom Kiez erfolgreich verdrängt, als Jana im Schanzenpark von einem Polizist beim Kiffen erwischt wird. Der nimmt sie mit aufs Revier und steckt Jana in eine Arrestzelle. Marco ist verzweifelt und versucht sie mit einem Anwalt herauszuholen. Das ist für beide der Auftakt zu einer schicksalhaften Begegnung mit Shaddow und seinen Bodyguards Lutscher und Beule, die sie gezwungenermaßen immer tiefer mit in den Sumpf des Verbrechens hinabziehen.

Der Autor

Kai-Uwe Wedel setzt mit einem weiteren raffinierten Krimi die Geschichte von der Kosovarin Jana fort. Er hat bereits mehrere Bücher veröffentlicht und ist zudem auch als Schauspieler aus diversen Web-Serien und TV-Filmen in Schleswig-Holstein bekannt. Gleichzeitig hat er auch schon als Filmemacher seine Fans mit der Krimi-Farce „Die Tote im Unterholz" begeistert. Das Drehbuch zum Film schrieb er selbst und die Hauptrolle spielte er ebenfalls. Der Krimi lief 2015 erfolgreich in einigen ausgewählten Programm-Kinos. Schreiben ist dennoch eine Passion und ein besonderes Talent, dem er sich gerne widmet, wenn er nicht gerade für ein Filmprojekt vor der Kamera steht.

Kai-Uwe Wedel

PIMP MY FRIEND II

Kriminaldrama

BoD Taschenbuch

Bibliographische Informationen der Deutschen Nationalbibliothek:
Die DeutscheNationalbibliothek verzeichnet diese Publikation in der
Deutschen Nationalbibliothek; detaillierte bibliographische Daten
sind im Internet über http://dnb.dnb.der abrufbar.

Für die Originalausgabe
Copyright ©2018 Kai-Uwe Wedel
Nach Charakteren von Leo Leiser
Herstellung und Verlag
BoD-Books on Demand, Norderstedt
Umschlaggestaltung: K.U.Wedel
Printed in Germany
ISBN: 978-3-746-06128-3

Das Leben treibt wie eine Nussschale auf dem Meer des Schicksals. Ohne einen Kompass wie die Liebe, verirrt sich der Mensch in den Wogen der Gezeiten.

Anmerkung des Autors

PROLOG

Santa Fu war kein Ort der Kontemplation, obwohl die Zellen um die Jahrhundertwende durchaus mit Bußkammern in manch einem Kloster vergleichbar gewesen wären. Als in Hamburg Fuhlsbüttel 1906 das Zentralgefängnis eröffnet wurde, herrschten dort allerdings härtere Sitten. Die Häftlinge durften nur in Ketten alle vier Wochen in der Alster baden. Zum Essen gab es Suppe aus dem Blechnapf und bestenfalls eine Scheibe Trockenbrot.

Shaddow kannte sich zwar nicht in Geschichte aus, aber er wusste zumindest, dass sich die Insassen in dem Knast Anfang des zwanzigsten Jahrhunderts noch im tiefsten Mittelalter befanden.

Seitdem waren mehr als hundert Jahre vergangen. Man hatte die Justizvollzugsanstalt, worin er seine Strafe absaß, mit drei weiteren Blöcken vergrößert und kreuzförmig an das Zentralgefängnis angebaut.

Er lag in seiner Zelle auf der Pritsche und dachte an die Kosovarin Jana, deren Aussage vor Gericht ihn hierher gebracht hatte.

Sie verriet in seinem Prozess dem Staatsanwalt in allen Einzelheiten, wie man sie unter Vorspiegelung alternativer Tatsachen über einen Mittelsmann nach Hamburg gelockt hatte. Der konnte ihr glaubhaft versprechen, als Modell sündhaft teure Klamotten für ein renommiertes Modelabel auf dem Laufsteg präsentieren zu dürfen. Das ganze war natürlich ein abgekartetes Spiel, womit naive Mädels vom Balkan verführt wurden, um sie danach auf dem Kiez auf den Strich zu schicken. Shaddow stritt vergeblich sämtliche Anschuldigungen ab, ganz besonders die Vergewaltigung während Janas allerersten Nacht in einem Stundenhotel.

Danach zwangen er und seine brutalen Bodyguards Jana, anschaffen zu gehen. Zunächst fügte sich Jana ihrem Schicksal, wie sie vor Gericht aussagte.

Irgendwann bemerkte Shaddow, dass sie Geld von ihren Freiern unterschlug und eines Tages heimlich vom Straßenstrich verschwand.

Als Jana in die Wohnung kam, die sie sich mit der Prostituierten Babsi teilen musste, um ihren Koffer zu packen, stand Shaddow plötzlich im Türrahmen und stampfte durch den Flur auf Jana zu. Er hatte Wind davon bekommen, dass sie aussteigen wollte. Er packte Jana am Hals und schleuderte sie brutal gegen die Wand.

Jana verlor den Bodenkontakt und schnappte nach Luft, während er fest zudrückte und drohte, sie zu töten. Als er schließlich mit ihr fertig war, sank Jana bewusstlos zu Boden. Nachdem er sich vom Acker gemacht hatte, fand ihre Mitbewohnerin Babsi sie später in der Nacht, wie ein Häufchen Elend im Bett liegend.

Babsi versuchte Jana zu trösten und überredete sie, an dem Wochenende auf eine Geburtstagsparty von einem Freier mitzukommen. Dort lernte Jana Marco kennen. Er verliebte sich sofort in sie. Als Shaddow von seinen Bodyguards Lutscher und Beule hörte, dass Jana mit einem Typ von der Party abgehauen war, beauftragte er die beiden, sie zu suchen.

Die griffen sich am folgenden Tag Babsi auf dem Straßenstrich und quetschen sie brutal aus. Zögernd verriet sie, dass Jana bei Marco übernachtet hatte.

Seine Bodyguards tauchten vor dem Haus auf und zerstachen die Autoreifen von seinem BMW. Marco wollte am Morgen etwas aus dem Wagen holen und wurde von Beule überwältigt. Marco wehrte sich verzweifelt. Während sie kämpften, löste sich im Handgemenge ein Schuss. Lutscher kam mit Jana im Schlepptau aus dem Haus gelaufen. Er sah seinen Partner verletzt vor dem Auto liegen.

Marco bedrohte Lutscher mit Beule´s Waffe, weil er Jana ein Messer an den Hals hielt. Jana rammte ihm überraschend den Ellenbogen unters Kinn und floh mit Marco. Lutscher zog seine Pistole und nahm sie beide auf´s Korn. In dieser Wohnsiedlung herum zu ballern, war ihm dann doch zu gefährlich. Er senkte die Waffe und kümmerte sich um seinen Partner, der immer noch verletzt auf dem Boden lag.

Marco floh mit Jana ohne irgendwas bei sich. Auf dem Weg zum Raddisson Blu Hotel wurden sie fast beim *Schwarzfahren* erwischt. Marco klaute dort auf unorthodoxe Weise ein Auto. Damit fuhren sie nach Kalifornien an die Ostsee. Er besaß ein Wohnmobil, das in Holm auf einem Campingplatz stand. Bei der langen Fahrt ging ihnen Unterwegs das Benzin aus. Sie fanden einen Unterschlupf in einer Kleingarten-Siedlung. Am nächsten Tag machten sie sich zu Fuß auf den Weg. Jana wollte schon aufgeben, als ein Bauer mit einem Traktor vorbeikam. Der nahm die beiden mit auf seinen Hof, wo sie sich von dem turbulenten Wochenende eine Weile ausruhten.

Marco und Jana suchten bei einem Unwetter Schutz in der Scheune. Sie entdeckten auf dem Heuboden tiefe Zuneigung füreinander und machten dort ein Schäferstündchen.

Shaddow stauchte seine Bodyguards gehörig für ihr Versagen zusammen. Jetzt nahm er die Sache selbst in die Hand und suchte mit Lutscher und Beule nochmal Babsi auf. Das dämliche Flittchen wollte auch abhauen und er brachte sie bei einem seiner Wutanfälle um. Daraufhin nahmen sie sich Marcos Freund Richie vor, und entlockten ihm mit roher Gewalt die Adresse vom Campingplatz.

Der Mord rief anscheinend auch die Polizei auf den Plan. Shaddow und seine Bodyguards wurden in der Wohnung von einer betagten Mieterin gegen-über durchs Fenster beobachtet.

Kommissar Straubing führte in diesem Mordfall die Ermittlungen. Der fand schnell heraus, dass Richie mit Babsi zuletzt auf seiner Geburtstagsfete gesehen wurde. Er vernahm Richie mit einer Kollegin in der Notaufnahme vom Krankenhaus und hielt ihm ein Fahndungsfoto unter die Nase. Richie identifizierte

Shaddow, der ihn morgens mit seinen Bodyguards überrumpelt und ein paar Rippen gebrochen hatte, bevor er ihm schließlich vom Wohnmobil auf dem Campingplatz in Holm erzählte.

Kommissar Straubing verlor keine Zeit und machte sich alleine sofort auf den Weg an die Ostsee. Seine Kollegin alarmierte die dortige Polizei.

Marco entdeckte in der Scheune auf dem Bauernhof einen alten Ford Mustang und brachte den Motor wieder zum Laufen. Der Bauer war auch mal jung und überließ dem jungen Liebespaar den Wagen für eine Spritztour ans Meer nach Kalifornien.

Mit dem letzten Tropfen Benzin erreichten sie den Strand in Schöneberg. Marco genoss mit Jana den romantischen Sonnenuntergang auf dem Heck des Ford Mustang sitzend. Sie schmusten miteinander und versprachen sich ewige Treue.

Währenddessen suchte Shaddow bereits erfolglos mit seinen Bodyguards auf dem Campingplatz von Holm nach ihnen. Als sie schon aufgeben wollten und durch Schöneberg fuhren, entdeckten sie die beiden Turteltauben am Strand.

Lutscher parkte den schwarzen Lincoln Continental in unmittelbarer Nähe von einer Sanddüne. Danach befahl Shaddow seinen Bodyguards, sich von zwei Seiten hinterrücks an die beiden heranzupirschen.

Marco und Jana küssten sich leidenschaftlich, als sie geblendet von der untergehenden Sonne einen Typ mit Zigarre vom Ufer auf das Auto zukommen sah.

„*Das ist Shaddow!*", sagte Jana panisch und kletterte mit Marco über die Rückbank. Er wollte den Motor starten, der stotternd ansprang und wieder ausging. Shaddow trug zwar eine dunkle Sonnenbrille, aber die Havanna im Mundwinkel hatte ihn verraten. In dem Moment tauchten plötzlich Beule und Lutscher auf. „*Flossen hoch!*", schrien beide zugleich.

Jana und Marco drehten sich erschrocken um und nahmen zögernd die Hände hoch.

Shaddow kam mit schnellen Schritten auf das Auto zu und sah die beiden wütend an. „*Aussteigen!*"

Jana und Marco stiegen zögernd aus. Shaddow riss Jana sofort energisch an sich und hielt sie mit einer Hand im Nacken fest. „*Ich nehme das Miststück und ihr kümmert euch um den Wichser!*"

Shaddow zerrte Jana zu dem Lincoln Continental. Beule durchsuchte den Mustang nach seiner Waffe, während Lutscher Marco bereits ans Ufer schleppte. „*Auf die Knie mit dir!*"

Als Jana das hörte riss sie sich los. Sie wollte Marco helfen. Shaddow schlug sie brutal nieder. Lutscher sah irritiert zu Shaddow hinüber und war für einen Moment abgelenkt. Marco sprang auf und rammte ihm seinen Kopf in die Magengrube.

Lutscher ging zu Boden und dabei flog seine Waffe ins Meer. Marco rannte am Mustang vorbei auf Jana zu. Beule fand seinen Revolver im Handschuhfach und legte an. „*Bleib gefälligst stehen, du Arschloch!*"

Marco rannte weiter und war schon fast bei ihr, als

Jana ihn plötzlich herumriss. Beule zielte eigentlich auf Marco, als sich der Schuss löste. Mit schmerzverzerrtem Gesichtszug und einem glasigen Blick in den Augen sackte Jana getroffen in Marcos Arme. Er hielt Jana verzweifelt fest, während ihr Blut über seine Hände lief.

Von allen vollkommen unbemerkt ging hinter einer Düne Kommissar Straubing in Schussposition. Er konnte das Drama zwar nicht verhindern, denn in dem Augenblick sauste die Verstärkung der Polizei aus Schöneberg mit zwei Einsatzfahrzeugen an den Strand. Polizisten sprangen mit gezogenen Pistolen heraus und es gab einen Schusswechsel, bei dem Lutscher getroffen zu Boden ging. Danach liefen sie auf Beule zu, der sich widerstandslos festnehmen ließ.

Straubing stürmte die Düne runter auf den Lincoln zu, mit dem Shaddow zu flüchten versuchte. Der Kommissar feuerte mehrere Schüsse auf die Reifen ab, bis Shaddow mit dem Auto in einer Sanddüne stecken blieb. Er gab schließlich auf und wurde in Handschellen abgeführt.

KAPITEL 1

Es war ganz normal, dass in Norddeutschland das Wetter nicht gerade als beständig galt. Das fiel ganz besonders in den Sommermonaten auf. Während überall woanders in der Republik die Sonne mit ihrem brennend heißen Antlitz die Menschen in die Badeanstalten oder an einen See trieb, mussten sich die Schleswig-Holsteiner normalerweise mit dem üblichem Aprilwetter begnügen.

Die Hamburger hofften entweder auf den Juli, oder waren bereits in Urlaub gefahren. Überraschender Weise hatte das Klima aber diesmal schon im Mai mediterrane Temperaturen angenommen. Man sah trotzdem selbstgefällige Yuppies mit Anzug und Krawatte durch die City schlendern. Sie ignorierten geflissentlich den einen oder anderen Obdachlosen vor diversen Geschäften mit Geldschale auf einer Decke sitzend.

Am Hafen herrschte das übliche lebhafte Treiben. Man begegnete Scharen von Touristen in lockerer Sommerkleidung, welche an den Landungsbrücken in die Ausflugsdampfer stiegen, oder auf dem Kiez von Sankt-Pauli manch fragwürdiges Etablissement besuchten.

Im Schanzen-Park beobachteten Eltern ihre Kinder auf dem Spielplatz, während sie sich auf einer Bank sitzend unterhielten. Auf der großen Wiese unterhalb des Wasserturms, tummelten sich einige Punks und hatten sich wie vor einem Schrein um mehrere Kästen Bier versammelt. Die Mädels hatten bunte gefärbte Haare und jede Menge Metall im Gesicht. Ihre Typen waren tätowiert und trugen schwarze Klamotten. Aus einem Gettoblaster tönte wuchtiger Punkrock.

Marco und Jana saßen in einer Gruppe von jungen Freaks, die mit Batik buntbedruckte T-Shirts trugen. Es herrschte eine ausgelassene Stimmung, während Marco ein paar Takte auf einer Gitarre zupfte. Jana saß mit einer Bongo im Schoß neben ihm, während nebenbei gerade ein Joint die Runde machte. Einer der Freaks jonglierte stehend mit Stoffbällen.

Niemand beachtete den älteren Nordik-Walker, der auf dem Fußweg mit seltsam schiefer Kopfhaltung entrückt an einem uniformierten Typ vorbeikam.

Der Polizist stand scheinbar gelangweilt an einem Baum gelehnt und beobachtete unauffällig, was auf der Wiese vor sich ging.

Jemand reichte Jana den Joint. Sie machte ein paar Züge und trommelte verträumt auf der Bongo, als sich plötzlich die Freaks von ihren Plätzen erhoben. Der Polizist kam zielstrebig über die Wiese auf den Platz zu. Die Jungs zerstreuten sich mit den Mädels im Park. Der Polizist baute sich vor Marco und Jana auf, die beide von alldem nichts bemerkt hatten.

»Wen haben wir denn hier beim Kiffen erwischt?!« Jana hörte auf zu trommeln und blickte hoch. Beim Anblick des Polizisten entglitt ihr der Joint aus dem

Mundwinkel. Sie versteckte ihn schnell ungeschickt hinter dem Rücken.

»Ähm – das war´n selbstgedrehte Fluppe.«

Jana wackelte mit dem Joint hinter ihrem Rücken. Marco nahm ihn ihr unauffällig aus der Hand und drückte ihn schnell im Gras aus, worauf der Polizist ihn sofort äußerst kritisch musterte.

»Können Sie sich ausweisen?«

Marco holte seinen Ausweis aus der Hosentasche und gab ihn an Polizeiobermeister Wenzel weiter. Der überprüfte das Bild und die Adresse. Dabei sah er Jana auffordernd an.

»Ich schleppe den blöden Ausweis nicht ständig mit mir herum!«

Polizeiobermeister Wenzel gab Marco wieder den Personalausweis zurück. Dann wendete er sich mit scharfen Blick an Jana.

»Auch wenn Sie das blöd finden, ist es Vorschrift!«

Jana warf dem Polizist einen trotzigen Blick zu und zuckte mit der Schulter.

»Ich mag keine Vorschriften!«

»Und ich mag keine Kiffer!«, entgegnete Wenzel hämisch grinsend.

Jana hielt dem Blick des Polizisten stand und setzte ein ebenso hämisches Grinsen auf.

»Ihr Problem!«

Polizeiobermeister Wenzel legte seine rechte Hand auf den Schaft der Pistole an seinem Waffengürtel.

»Dann packen Sie jetzt ihre Sachen zusammen und kommen mit!«

Marco konnte es nicht fassen und schaute Wenzel ungläubig an.

»Wollen Sie uns etwa wegen´m Joint verhaften?«

»Sie nicht, Herr Zilinski!«

Jana legte die Bongo weg. Es war sowieso nicht ihr Instrument, genauso wenig wie die Gitarre auf der Marco herum-geklimpert hatte. Sie nahm ihre Gucci Handtasche an sich und stand auf.

Marco erhob sich ebenfalls von der Wolldecke und legte die Gitarre beiseite. Er war überzeugt, dass sich der Polizist nur ein bisschen wichtig machen wollte und folgte ihm mit Jana über die Wiese in Richtung U- Bahn Sternschanze.

Auf dem Wendeplatz vor dem Eingang saß Polizist Langeber in einem Streifenwagen. Er trank gerade Kaffee aus einem Pappbecher, als Wenzel mit Jana und Marco im Schlepptau auf das Einsatzfahrzeug zukam.

Verwundert stellte er seinen Kaffeebecher auf dem Armaturenbrett ab. Dann öffnete er die Fahrertür, sprang aus dem Auto und ging breitbeinig vor dem Streifenwagen in Position.

»Gibt's ein Problem?«

Polizeiobermeister Wenzel blickte seinen Kollegen amüsiert an.

»Die kleine Kifferin hat´n Problem mit Vorschriften und kann sich nicht Ausweisen!«

Marco baute sich schützend vor Jana auf.

»Hey – meine Freundin ist keine … «, wollte Marco einwenden, doch Langeber ließ ihn nicht ausreden.

»Also´n Routine-Check?«, unterbrach Langeber und blickte seinen Kollegen fragend an.

Wenzel nickte und öffnete die hintere Wagentür. Jana sträubte sich, während Langeber sie auf die Rückbank des Polizeiautos zu bugsieren versuchte. »Lassen Sie mich los, ich hab nichts getan!«

Marco wusste, dass er in dieser Situation nicht viel tun konnte und wollte deshalb mitfahren. Als er versuchte einzusteigen, drängte ihn Wenzel zurück. »Sie bleiben hier!«, sagte Wenzel barsch und schlug Marco vor der Nase die Hintertür zu.

Daraufhin stiegen die beiden Polizisten schnell in den Streifenwagen und fuhren einfach los.

Marco sprintete mitten auf der Straße hinter dem Polizeiauto her. Nach etwa fünfzig Metern wurde er immer langsamer und blieb schließlich stehen. Er beugte sich völlig außer Atem keuchend nach vorne und stützte die Hände auf seine Oberschenkel.

Er reckte sein Kopf hoch und blickte erschöpft auf den sich schnell entfernenden Streifenwagen.

KAPITEL 2

Jana saß frustriert im Streifenwagen und drehte sich auf der Rückbank kurz um. Sie schaute durch das Heckfenster und sah Marco total erschöpft mitten auf der Straße stehend, bevor sie mit dem Auto auf die Schanzenstraße abbogen.

Langeber wendete sich auf dem Beifahrersitz Jana zu und blickte sie auffordernd an.

»Ich brauche Ihren vollen Namen und die aktuelle Meldeadresse?«

Jana beachtete den Polizist nicht und sah trotzig aus dem Seitenfenster. Sie kannte die ganze Prozedur nur zu gut. Nachdem sie einige Zeit als Prostituierte auf dem Kiez gearbeitet hatte, gehörte es damals fast zur Routine, mindestens einmal in der Woche auf der Davidwache abzuhängen.

Der ständige Stress mit Freiern und Luden forderte regelmäßig seinen Tribut. Entweder musste sie als Zeuge von einer Auseinandersetzung eine Aussage machen, oder sie war selbst das Opfer von einem gewalttätigen Typ, der versucht hatte, die Zeche zu prellen.

»Jana Wukowa – ein festen Wohnsitz hab ich noch nicht!«, sagte Jana zögernd.

Langeber drehte sich wieder nach vorne und warf Wenzel einen bedeutungsvollen Blick zu. Er konnte der Miene seines Kollegen ansehen, dass ihn diese Antwort nicht sonderlich überraschte.

»Irgendwo müssen Sie doch wohnen«, entgegnete Langeber verwundert.

»Wohne zur Zeit bei meinem Freund!«, erwiderte Jana trotzig.

Polizeiobermeister Wenzel beobachtete Jana durch den Rückspiegel, die wiederholt desinteressiert aus dem Seitenfenster schaute.

»Und dort sind Sie nicht gemeldet?«, fragte Wenzel misstrauisch.

»Nein!«, erwiderte Jana genervt von der Fragerei. Der Streifenwagen kam an einer roten Ampel zum stehen. Wenzel grinste amüsiert seinen Kollege auf dem Beifahrersitz an.

»Ach ja – sie mag keine Vorschriften.«

Jana empfand die ganze Sache als Tortur. In ihrer Heimat im Kosovo gab es nur wenig Gesetzeshüter, die nicht korrupt waren und sie fragte sich, was die Bullen wirklich von ihr wollten. Vielleicht hatten sie was ganz anderes mit ihr im Sinn.

»Ist das etwa ein Verbrechen?«

»Nein, aber eine Ordnungswidrigkeit!«, entgegnete Wenzel mürrisch.

Hauptwachtmeister Langeber verlor die Geduld. Er hatte genug von Janas Ausflüchten und nahm das Funkgerät zur Hand.

»Peterwagen 3 an Zentrale. Ich brauch mal schnell eine Namensüberprüfung.«

Im Lautsprecher kratzte und piepte es laut hörbar.

»Zentrale an Peterwagen 3 – wie lautet der Name?«,

fragte daraufhin eine Polizistin mit sonorer Stimme.
»Jana Wukowa!«, gab Langeber durch.

Danach dauerte es eine Weile, bis sich die Zentrale wieder meldete. Jana rutschte ungeduldig auf dem Rücksitz herum. Sie blickte draußen Passanten auf dem Bürgersteig hinterher, die ahnungslos von den Widrigkeiten und Schikanen, die einer Migrantin in den Fängen der Staatsgewalt zustoßen konnte, einkaufen gingen. Schließlich meldete sich die Zentrale mit einem Piepser im Lautsprecher zurück.

»*CODE 532!*«, sagte die Polizistin am anderen Ende der Leitung mit ernstem Unterton in der Stimme.

Die beiden Kollegen sahen sich ziemlich verblüfft an. Langeber nahm das Funkgerät in die Hand und drückte hastig die Sprechtaste. Es piepte erneut!

»Wiederholen Sie das bitte nochmal!«

»*CODE 532* – bestätigen!«, erwiderte die Polizistin. Wenzel bremste abrupt vor einer roten Ampel und riss seinem Kollege die Funke aus der Hand.

»Peterwagen 3 an Zentrale. *Code 532!* Verstanden – Ende!«

Jana wendete sich vom Seitenfenster ab und blickte irritiert nach vorne.

»Was bedeutet *Code 532?*«

Langeber drehte sich auf dem Beifahrersitz um und sah Jana ganz ernst in die Augen.

»Das wir Sie jetzt auf´s Revier mitnehmen müssen!«

KAPITEL 3

Isolationshaft war naturgemäß eine der effektivsten Methoden, um einen Menschen mürbe zu machen. Jana zuckte schreckhaft zusammen, als die Stahltür hinter ihr zufiel. Die Verriegelung der Scharniere in den Eisenschienen klackten deutlich hörbar, bevor der Schlüssel zweimal in dem Schloss umgedreht wurde.

Jana lief ein kalter Schauder über den Rücken. Die Arrestzelle war höchsten sechs Quadratmeter groß. An der rechten Wand stand ein Bettgestell mit einer Matratze darauf. Am Fußende lag eine ordentlich zusammengelegte Wolldecke. Ein Kopfkissen gab es nicht, aber dafür fand sie am Kopfende einen kleinen Aluminiumaschenbecher. Sie ließ sich auf die Pritsche fallen und lehnte sich mit dem Rücken gegen die Wand.

Eine Träne kullerte über ihre Wange. Jana wischte sie mit dem Handballen weg und kramte in ihrem Gucci-Handtäschchen, welches man ihr netterweise nach gründlicher Durchsicht überlassen hatte. Sie holte ihre Zigarettenpackung mit einem Feuerzeug heraus und zündete sich einen Glimmstängel an.

Sie machte einen Lungenzug und blies den Rauch bedächtig in die Luft. Dabei fielen ihr erst jetzt die Schmierereien an der gegenüberliegenden Wand auf. Da stand *Zum Teufel mit der Schmiere* und *Fuck the police*, aber sie konnte nicht alles lesen. Manche

Sprüche oder Flüche waren offenbar auf Italienisch oder Türkisch. Jana machte nervös ein paar Züge und stand auf. Sie ging eine Weile auf und ab, bis sich in ihrem Kopf alles zu drehen begann.

Sie musste sich wieder hinsetzen und starrte wie hypnotisiert an die Decke. Der plötzliche Mangel an Sinneseindrücken verengte ihre Wahrnehmung auf die einzige Lichtquelle in der Zelle, dass Oberlicht. Ein Fenster gab es nicht!

Jana drückte schnell den Zigarettenstummel in dem Aluminiumaschenbecher aus. Die kahlen grauen Wände schienen langsam auf sie zuzukommen. Irgendetwas presste ihren Brustkorb zusammen. Das Atmen fiel ihr immer schwerer. Sie sprang von der Pritsche und hämmerte mit den Fäusten gegen die Zellentür.

»Ich will hier raus. Verdammt, lasst mich sofort hier raus!«, schrie Jana verzweifelt.

Sie legte das rechte Ohr an die eiskalte Stahltür und horchte. Nach einer Weile hörte sie sich langsam nähernde Schritte und trat von der Tür zurück.

Sie stellte sich in die Mitte der Zelle und hatte das Gefühl, durch das Guckloch beobachtet zu werden. Plötzlich wurde die Zellentür geöffnet.

Polizeiobermeister Wenzel verharrte im Türrahmen und sah Jana kritisch an. Er hatte ein Tablett in der linken Hand, auf dem zwei Scheiben Graubrot, ein kleines Stück Butter und Leberwurst lag. Ein Becher mit kaltem Tee vervollständigte das dürftige Menü.

»Ich hab kein Appetit!«, sagte Jana und sah Wenzel wütend an. Er zuckte gleichgültig mit der Schulter.

»Bis morgen früh gibt's nichts mehr.«

»Na und«, erwiderte Jana trotzig.

Wenzel betrat die Zelle und stellte das Tablett auf der Pritsche ab.

»Wir sind verpflichtet Sie zu verpflegen!«

»Sie sind verpflichtet mir ein Anruf zu gestatten!« Wenzel machte ein paar Schritte zurück und stellte sich breitbeinig in den Türrahmen. Er musterte Jana abfällig und sah sie teilnahmslos an.

»Das hat zeit bis morgen!«

»Ich will sofort mit einem Anwalt sprechen«, sagte Jana forsch.

»Das Gesetzt erlaubt einen Anruf innerhalb von 24 Stunden«, erwiderte Wenzel in einem belehrendem Tonfall.

»Das ist doch reine Schikane, was Sie hier mit mir machen!«, entgegnete Jana vorwurfsvoll.

»Jetzt beruhigen Sie sich mal schön. Heute Abend erreichen Sie sowieso keinen Anwalt mehr!«

Daraufhin ließ Wenzel die Zellentür krachend zufallen. Jana hörte, wie die Eisenbügel klackten und der Schlüssel zweimal umgedreht wurde. Danach wurde es totenstill.

Jana ließ sich resigniert auf die Pritsche fallen. Sie warf einen Blick auf's Tablett. Sie probierte zögernd einen Schluck Tee und verzog angeekelt ihr Gesicht. Plötzlich ging das Oberlicht aus!

KAPITEL 4

Marco musste wohl oder übel mit der U-Bahn nach Hause fahren. Er hatte sich am Morgen nach dem Frühstück entschieden, nicht mit seinem 3er BMW in das berüchtigte Schanzenviertel zu fahren, weil man dort schwerlich einen Parkplatz fand. Zudem konnte man nie sicher sein, ob irgendein Junkie das Seitenfenster einschlug, um den CD-Player aus der Mittelkonsole zu reißen, oder das Navi und andere Wertgegenstände zu klauen versuchte.

Als er mal mit Jana auf dem Schulterblatt beim Spanier zum Essen war, hatte ihm irgendein Idiot während seiner Abwesenheit den Seitenspiegel abgerissen.

Eine Zeit lang glaubte Marco, dass Jana im Verlauf des Nachmittags wieder zurückkommen würde. Er qualmte nervös eine Zigarette nach der anderen und kippte sich ein paar Drinks hinter die Binsen. Das Warten machte ihn ganz verrückt. Er musste unbedingt mit jemanden reden. Mit dem einzigen Mensch, dem er außer Jana vertraute, hatte er lange nicht mehr gesprochen.

Marco dachte an seinen Schulfreund Richie, den er nach den dramatischen Ereignissen im vergangenen Jahr aus den Augen verloren hatte. Sie waren beide seit der Schulzeit unzertrennliche Freunde gewesen. Er hatte Jana auf seiner Geburtstagsparty kennen gelernt. Danach nahm das Schicksal seinen Verlauf!

Richie hatte sich in die Prostituierte Babsi verliebt. Insgeheim gab er nun Jana die Schuld am Tod ihrer Kollegin. Durch ihre Flucht vor dem berüchtigten Zuhälter Shaddow, rastete der vollkommen aus, als er nach Jana suchte. Er wollte von Babsi erfahren, wohin Jana abgehauen ist, und tötete sie bei einem seiner Wutanfälle. Danach hatte der Lude auch ihm mit seinen Bodyguards Lutscher und Beule einen Besuch abgestattet. Kurz darauf fand Richie sich mit gebrochenen Rippen in der Notaufnahme vom Altonaer Krankenhaus wieder.

Als Jana gegen Abend immer noch nicht zurückgekommen war, entschied Marco sich, seinen alten Freund anzurufen, obwohl der nicht besonders gut auf sie zu sprechen war. Er schnappte sich trotzdem das Smartphone und durchforstete seine Kontakte.

»Hallo, wer … ?«, fragte Richie und stockte.

Marco vermutete, das er seine Nummer im Display sah und überlegte, ob er ihn wegdrücken soll.

»Ich bin´s!«, sagte Marco verunsichert. Danach gab es eine Pause, in der keiner ein Wort herausbrachte.

»Was willst du?«

»Ich stecke in der Klemme«, sagte Marco zögernd.

»Warum wundert mich das jetzt nicht«, erwiderte Richie mit verächtlichen Tonfall in der Stimme.

»Komm schon Richie, du hast dich seit einem Jahr nicht gemeldet!«

»Ich weiß – musste einfach erst mal Abstand zu der ganze Geschichte kriegen.«

»Kann ich verstehen.«

»Und – bist du immer noch mit … ?«, begann Richi, doch er brachte den Satz nicht zu Ende und musste schlucken.

»Ja, wir sind noch zusammen und deshalb … .«

»Nicht du steckst in der Klemme, sondern Jana!«, sagte Richie vorwurfsvoll.

»Jetzt hör schon auf, verdammt! Keiner weiß vorher wohin einen das Schicksal führen kann. Glaub mir, Jana vermisst Babsi genauso wie du und würde am liebsten alles rückgängig machen.«

»Rufst du mich an, um mir das zu sagen?«

»Ich rufe an, weil ich einen Freund brauche. Jana wurde von den Bullen wegen einer Lappalie eingesackt und ich weiß nicht, was ich machen soll«, sagte Marco verzweifelt.

»Jetzt beruhige dich. Was ist denn passiert?«, fragte Richie mitfühlend.

Marco begann zu erzählen, dass er und Jana am Morgen miteinander geschlafen hatten. Später hatte Jana keine Lust mehr zur Arbeit zu gehen. Ihren Platz im Callcenter konnte auch jemand anderes übernehmen. Also meldete sie sich einfach krank.

Schließlich entschieden sie sich, ins Schanzenviertel beim Portugiesen frühstücken zu gehen. Danach machten sie im Schanzenpark einen Spaziergang. Dabei wurde er von einem alten Klassenkameraden erkannt. Der gehörte zu den Freaks, die wie viele andere bei dem Sommerwetter auf der Wiese saßen.

Von dem Streifenpolizist, der sich scheinbar gelangweilt gegen einen Baum lehnte und sie beobachtete, nahm zunächst keiner Notiz. Als er zielbewusst auf sie zukam, löste sich die Gruppe plötzlich auf und verteilte sich unauffällig im Park.

Normalerweise ließ die Polizei die Kiffer im Park gewähren. Da waren nur manchmal Ermittler vom Drogendezernat, die sich verdeckt im Hintergrund hielten und die Junkies beobachteten, wenn sie von einem Dealer Stoff kauften. Die trafen sich manchmal am Abend irgendwo hinter dem Wasserturm.

Richie hörte sich geduldig die Ausführungen seines Freundes an. Als Marco endlich erzählte, weshalb Jana festgenommen wurde, räusperte er sich hörbar ungläubig am anderen Ende der Leitung.

»Das ist echt´n krude Geschichte. Hatte sie irgendwelche Drogen dabei?«

»Jetzt halt mal die Luft an. Jana hat noch nie … .«

»Okay - okay, war ja nur´n Frage. Und zu welchem Polizeirevier haben sie Jana mitgenommen?«

»Keine Ahnung – der eine Bulle war ziemlich rabiat und … .«

»Dann solltest du erst mal raus-finden, wo sie jetzt steckt!«

»Richie – ich hab aber so was noch nie gemacht und keinen Schimmer, wo ich anfangen soll.«

»Ich kenne einen Anwalt, der sich damit auskennt!«

KAPITEL 5

Zum Glück war der Anwalt erreichbar und bereit, sich mit Marco auf den Weg zu machen, um das Polizeirevier zu suchen, wo man Jana hingebracht hatte. Er holte Marco Zuhause ab, nachdem der ihm am Telefon gestehen musste, dass er schon einige Whiskeys intus hatte.

Der Anwalt fuhr einen alten Mercedes Benz 200D. Genauso wie's Auto war auch er ein älteres Kaliber, der eine Menge Erfahrung mit der Linken-Szene im Schanzenviertel hatte. Autonome Krawallmacher in der Roten-Flora bescherten ihm regelmäßig um den 1. Mai herum genug Mandanten.

Der Anwalt sah ein bisschen wie Rübezahl aus, trug aber einen ordentlichen Anzug. Die Turnschuhe an seinen Füßen verrieten, dass er von Konventionen nicht besonders viel hielt.

Marco schilderte dem Rechtsanwalt während der Autofahrt in das Schanzenviertel, wie sich die Sache im Park abgespielt hatte. Der hörte geduldig zu und stellte am Ende nur eine Frage. Er wollte wissen, ob Jana vorbestraft war. Das konnte Marco verneinen, allerdings vergaß er zu erwähnen, dass sie vor nicht allzu langer Zeit noch als Prostituierte auf dem Kiez gearbeitet hatte.

Sie fuhren zunächst einmal zur Polizeistation an der Stresemannstraße. Marco wartete im Auto. Es war naheliegend, dass man Jana dort hingebracht haben könnte. Der engagierte Rechtsbeistand kam jedoch enttäuschender Weise alleine und ohne irgendeinen Hinweis zurück. Schließlich fuhren sie auf den Kiez und parkten mit dem Auto vor der Davidwache.

Dieses mal lies Marco es sich nicht ausreden mitzukommen. Er hoffte, den Streifenpolizist wiederzuerkennen, der Jana einkassiert hatte, obwohl der Anwalt von der Idee nicht gerade begeistert war. Sie betraten also zusammen das berüchtigte Revier auf dem Kiez und gingen gleich zum Tresen.

Marco sah sich kurz um. Zu dieser späten Stunde war auf dem Revier einiges los. Ein Randalierer wurde gerade abgeführt. Seine Freundin pöbelte den Polizisten wilde Schimpfwörter hinterher, weil sie nicht mitkommen durfte.

An einem Tisch hinterm Tresen saß ein Betrunkener Mann im mittleren Alter, von dem ein Beamter die Personalien aufnahm. Er hatte seine liebe Not, den lallenden Typen zu verstehen und zog genervt das Aufnahmeformular aus der Schreibmaschine.

Marco drehte sich neugierig nach allen Seiten um, konnte jedoch den vermeintlichen Polizist aus dem Schanzen-Park nirgendwo entdecken. Er trommelte nervös mit den Fingern auf den Tresen.

Ein Polizist, der mit einem anderen Kollegen an der Kommunikationszentrale Spätdienst hatte, schaute auf und musterte ihn kritisch.

»Was kann ich für Sie tun?«

Der Anwalt neben Marco ergriff die Initiative bevor

er etwas dazu sagen konnte. »Wurde hier eine Jana Wukowa in Gewahrsam genommen?«

Der Polizist erhob sich von seinem Platz, ging um den Pult der Kommunikationszentrale herum und trat an den Tresen.

»Erstens weiß ich das nicht, und zweitens darf ich nicht ohne weiteres derartige Informationen weitergeben. Sind Sie mit dieser Jana verwandt?«

»Das ist jetzt das zweite Polizeirevier, auf dem man uns mit Ausflüchten abzuweisen versucht. Jana ist meine Freundin und ich will jetzt wissen … «, sagte Marco aufgebracht.

Der Anwalt legte seine Hand auf Marcos Unterarm, um ihn zu beruhigen.

»Ich bin Rechtsanwalt und will meine Mandantin sprechen. Wenn Sie das nicht zulassen, möchte ich sofort mit ihrem Vorgesetzten reden!«

Der Polizist sah den Anwalt leicht verunsichert an. Danach begann er die Tastatur vor einem Monitor mit seinen Wurstfingern zu traktieren. Er schob die Maus ein paar mal hin und her und las angestrengt was vom Monitor ab. Schließlich blickte er süffisant lächelnd auf.

»Okay – wir haben hier zur Zeit eine Jana Wukowa in Gewahrsam!«

»Und weshalb wird Sie festgehalten?«

Der Beamte warf nochmal einen kurzen Blick auf den Monitor des Polizeicomputers.

»Moment, ähm – hier steht, dass Sie im *Dollhaus* auf

dem Kiez als Prostituierte arbeitet. Sie ist außerdem nicht gemeldet und hat kein Gesundheitszeugnis!« Marco schüttelte ungläubig mit dem Kopf, sah erst den Polizist und danach den Anwalt entgeistert an.

»Das ist Blödsinn! Jana wohnt bei mir und hat´n Job im Callcenter. Sie hat bloß´n verdammten Joint … .« Der Polizist wurde sofort hellhörig. Marco blieben die Worte im Halse stecken, während der Beamte plötzlich neugierig aufblickte.

»Sie möchten zu der Festnahme in der Schanze eine Aussage machen? Wie heißen Sie, junger Mann?« Der Anwalt erfasste diesmal Marco´s Unterarm und sah ihn warnend von der Seite an.

Genau das war der Grund, warum er bei derartigen Nachforschungen lieber alleine arbeitete, bevor sich involvierte Personen oder Freunde von Mandanten selbst belasten konnten.

»Nein, möchte er nicht! Lassen Sie mich bitte sofort zu ihr!«

Der Polizist wies mit einer lässigen Kopfbewegung auf die Wanduhr rechts über´m Tresen und grinste den Anwalt dabei gleichgültig an.

»Tut mir leid, dafür ist es schon zu spät. Da müssen Sie sich bis Morgen gedulden!«

KAPITEL 6

Die Neonröhre im Oberlicht begann auf einmal zu flackern und erhellte kurz darauf die finstere Zelle. Jana lag auf der kleinen Pritsche und blinzelte. Das grelle Licht blendete. Sie hielt schützend eine Hand vor die Augen und schaute sich verwirrt um.

Für einen Moment hoffte Jana, dass sie nur schlecht geträumt habe, aber dann wurde ihr sofort klar, wo sie sich befand. Die trostlose Zelle holte sie schnell in die gnadenlose Wirklichkeit zurück.

Plötzlich hörte sie, wie die Riegel an der Zellentür zurückgezogen wurden und richtete sich müde auf. Hauptwachtmeister Langeber öffnete langsam die Zellentür. Jana blickte ihn verständnislos an, als er hereinkam und ihr ein Tablett unter die Nase hielt. Das Frühstück bestand ebenfalls aus zwei Scheiben Graubrot, Leberwurst und ein kleines Stück Butter. Die einzige Abwechselung war eine Tasse Kaffee. Jana ignorierte das Tablett. Langgeber stellte es einfach vor ihren Füßen auf dem Boden ab.

»Ich will kein scheiß Frühstück, ich will endlich mit einem Anwalt telefonieren!«

Langeber nahm das Abendessen mit, was sie nicht angerührt hatte und blieb vor der Zellentür stehen.

»Jetzt werden Sie mal nicht frech, sonst ziehe ich andere Seiten auf!«, drohte Langeber unverhohlen und sah Jana herablassend an. Daraufhin ließ er die Tür krachend ins Schloss fallen.

Jana hörte wieder das charakteristische Schaben der Verriegelung an der Zellentür. Sie kochte innerlich vor Wut und sprang von der Pritsche.

»Ich will sofort mit einem Anwalt sprechen!«, schrie Jana verzweifelt und schlug dabei mit den Fäusten gegen die Stahltür.

„Was hab ich bloß falsch gemacht, dass Gott mich so fiese bestraft?", dachte Jana und ließ sich auf die Pritsche fallen.

Sie zündete sich entmutigt eine Zigarette an und trank unüberlegt ein Schluck Kaffee. Sie spuckte die schwarze Brühe reflexhaft in die Tasse und verzog angeekelt das Gesicht. Obwohl ihr Magen knurrte, wagte sie nicht das Experiment, sich etwas von dem Frühstück einzuverleiben.

„Lieber werde ich vor Hunger sterben und so dieser Qual ein Ende setzen", kam ihr gerade in den Sinn, als die Zellentür erneut entriegelt wurde und sie aus ihrer Agonie zurück in die Gegenwart holte.

Hauptwachtmeister Langeber stand im Türrahmen und blickte Jana schief grinsend an.

»Mitkommen!«

Jana sprang sofort von der Pritsche auf die Füße.

»Na endlich – wurde auch Zeit!«

Der Zellentrakt befand sich im Kellergeschoss. Jana folgte Langeber durch den Flur über eine Treppe in den 1. Stock bis zu einem Lift. Der Polizist öffnete die Aufzugtür und machte danach eine einladende Handbewegung.

Jana sah ihn misstrauisch an und zögerte. Sie fragte sich, was der Bulle mit ihr vorhatte. Es kursierte ein Gerücht unter den Bordsteinschwalben vom Kiez, dass man während ihrer Zeit als Prostituierte hinter vorgehaltener Hand erzählte.

Wenn einige Nutten in Konflikt mit dem Gesetz kamen, nutzten manche nicht selten ihre weiblichen Reize, um den einen oder anderen Polizist, der für so was empfänglich war, ein wenig zu verwöhnen, damit sie schnell wieder anschaffen gehen konnten.

Jana befürchtete, dass Langeber auf dumme Ideen kommen könnte und sie im geschlossenen Aufzug begrabschen wollte.

Langeber steckte ein Aufzugschlüssel in das Schloss unterhalb der Tastatur für die Stockwerke. Er warf ihr einen abwertenden Blick zu und drückte auf die zweite Etage. Der Fahrstuhl setzte sich ruckartig in Bewegung und fuhr langsam nach oben.

Danach ging Jana mit Langeber über einen langen Korridor an mehreren Büros vorbei. Er brachte sie in ein Zimmer und wies mit dem Finger auf einen Stuhl, der vor einem Schreibtisch stand.

»Setzen! Warten Sie hier.«

Jana schaute den Polizist verwundert an, während der gerade Anstalten machte, dass Büro wieder zu verlassen.

»Auf wen – den lieben Gott?!«, fragte Jana trotzig.

Langeber ignorierte sie und schlug die Bürotüre zu. Jana hoffte, dass sie endlich einen Pflichtverteidiger bekommen würde. Nach einer Weile wurde die Tür aufgerissen. Polizeiobermeister Wenzel betrat das Büro. Er würdigte Jana keines Blicks und setzte sich wortlos hinter den Schreibtisch.

Wenzel begann auf der Tastatur herumzutippen. Er spielte ein bisschen mit der Maus und sah neugierig auf den Monitor vom Computer. Jana wollte sich gerade bemerkbar machen und fragen, wann sie endlich ihren Anruf machen konnte, als Wenzel plötzlich aufsah und sie herablassend anblickte.

»Gehen Sie immer noch auf´m Strich?«

»Das ist der Gipfel! So was muss ich mir von Ihnen nicht bieten lassen.«

Wenzel sprang vom Chefsessel hoch und stützte sich mit den Fäusten auf dem Schreibtisch ab.

»Beantworten Sie meine Frage!«

»Ist das hier´n Quiz-Show?!«, erwiderte Jana mit einem verächtlichen Tonfall.

Wenzel haute lautstark mit der Faust auf den Tisch.

»Wollen Sie noch eine Nacht länger hierbleiben?«, drohte Wenzel unverhohlen.

»*NEIN!*«, sagte Jana zähneknirschend.

Polizeiobermeister Wenzel setzte sich wieder und sah auf den Monitor. Er klickte mit der Maus auf den Button *Drucken*. Kurz darauf begann im Regal eines Aktenschranks links hinter ihm, der Drucker zwei Dokumente auszuspucken. Er drehte sich um, entnahm die Dokumente, und hielt diese Jana auffordernd unter die Nase.

»Was ist das?«, fragte Jana misstrauisch.

Wenzel zog eine Schublade am Schreibtisch auf. Er holte einen Kugelschreiber raus, schob ihn langsam neben die Dokumente und sah Jana ernst an.

»Unterschreiben! Dann können Sie gehen.«

Jana konnte kaum glauben, was sie gerade hörte. Ohne genau hinzusehen unterschrieb sie schnell die Formulare, bevor es sich Wenzel vielleicht anders überlegte, und schob sie über den Tisch.

Wenzel nahm die Formulare an sich und prüfte die Unterschriften darauf. Danach gab er Jana eines davon zurück. Sie sah ihn zum ersten Mal zufrieden lächeln. Plötzlich griff er sich den Telefonhörer und wählte eine Nummer.

»Ich schicke jetzt gleich die gestern in Gewahrsam genommene Jana Wukowa runter. Sie bringt Ihnen das Entlassungsformular und dann kann sie nach Hause gehen!«

Jana erhob sich zögernd vom Stuhl. Sie rechnete damit, dass die Sache einen Haken hatte und konnte kaum glauben, dass sie jetzt frei war. Jana ging zur Tür und öffnete sie langsam. Sie warf einen Blick in den Flur, denn sie befürchtete, dass Langeber dort auf sie wartete. Aber dem war nicht so.

Jana atmete erleichtert tief durch und drehte sich nochmal kurz um.

»Und was sollte das ganze jetzt?«

Polizeiobermeister Wenzel schaute angestrengt auf den Monitor des Computers und tippte irgendwas.

»Jetzt machen Sie schon, dass Sie weg kommen!«, murmelte Wenzel ohne aufzusehen mit zusammengepressten Lippen, und verscheuchte Jana mit einer wegwerfenden Handbewegung aus seinem Büro.

KAPITEL 7

Marco gehörte immer noch die Doppelhaushälfte in einer Wohnsiedlung für Spießer und solchen die es werden wollten. Die Scheidung von seiner Exfrau Tanja war zwar unappetitlich, aber mehr für sie, als für ihn. Natürlich versuchte sie ihn vor Gericht als Schuft hinzustellen. Schließlich war er mit einer Nutte abgehauen und sie schilderte die Geschichte in allen Einzelheiten, als wäre sie dabei gewesen.

Allerdings waren damals die Untaten von Shaddow und seinen Bodyguards auch ein großes Thema in der Presse gewesen, weshalb sich die Richterin bei den Ausführungen eher langweilte.

Marcos Anwältin blieb stur bei den unumstößlichen Fakten. Sie machte als Trennungsgrund eheliches Fehlverhalten von Seiten Tanjas geltend, nachdem Marco sie beim Liebesspiel mit einem wesentlich jüngeren Mann im Bett erwischt hatte.

Sie konnten anhand von E-Mails beweisen, dass diese Bettgeschichte schon ein halbes Jahr vor der Trennung von Marco angefangen hatte. Somit war die Schuldfrage geklärt. Außerdem hatte Marco mit Tanja vor der Heirat Gütertrennung vereinbart und durfte das Haus behalten, das er von seinen Eltern geerbt hatte.

Jana stand vor dem Haus und war unwohl zumute, oder anders gesagt, ziemlich übel. Sie hatte seit vierundzwanzig Stunden keine feste Nahrung mehr

zu sich genommen. Jetzt drohte sich ihr Magen um-
zudrehen, was ohne Inhalt äußerst unangenehm
werden würde. Sie durchsuchte erfolglos ihr kleines
Handtäschchen nach dem Haustürschlüssel.

Dann drückte sie auf den Klingelknopf und hoffte,
dass Marco vielleicht zuhause war. Er hatte sich als
Steuerberater selbstständig gemacht, nachdem er
vor zwei Jahren bei einer Hamburger Versicherung
Rationalisierungsmaßnahmen zum Opfer fiel.

Sie klingelte nochmal und gab dann schließlich auf.
Anscheinend war er arbeiten. Sie setzte sich auf den
Treppenabsatz und zündete sich eine Zigarette an.
Jana blies resigniert den Qualm in die Luft und sah
gelangweilt einem Nachbarn auf der gegenüber-
liegenden Straßenseite beim Rasenmähen in seinem
Vorgarten zu. Ihr kam die dramatische Flucht vor
Shaddows Bodyguards wieder in den Sinn.

Dabei waren sie über die Hecke vom Nachbarhaus
gesprungen und durch die Blumenbeete gestampft.
Der Nachbar fragte sich damals, wer die frevelhafte
Tat begangen haben könnte. Beim Nachbarschafts-
Treffen vermuteten einige Anwesende, dass seine
Forsythien von Flüchtlingen aus Syrien zertrampelt
worden wären.

Jana wollte zum Nachbarn rüber gehen, um sich für
die Übeltat nachträglich bei ihm zu entschuldigen.
Doch eine ältere Dame, die mit ihrem Dackel *Gassi*
ging, hielt Jana davon ab. Sie ließ den Hund ohne
Skrupel an der Auffahrt vor dem Haus ein größeres

Geschäft verrichten. In dem Moment kam Marco in seinem BMW angefahren. Er wollte in die Auffahrt zum Carport einbiegen und bremste abrupt. Der Köter bellte wie verrückt und Marco hupte genervt. Die giftige alte Schabracke blickte Marco wütend an und zog ihren Dackel mit der Leine weg.

Marco gab wieder Gas und fuhr mit seinem Wagen langsam in den Carport rein. Das Motorengeräusch erstarb. Marco stieg aus und Jana kam erleichtert auf ihn zugelaufen. Sie wollte ihn umarmen, doch er wirkte unnahbar. Er knallte die Fahrertür zu und sah Jana vorwurfsvoll an.

»Das du dich noch hierher traust«, sagte Marco und ging einfach an ihr vorbei um das Auto herum.

»Was ist das denn für'n Begrüßung?«, fragte Jana irritiert.

Marco war bereits an der Haustür und verschwand kurz darauf wortlos in der Wohnung. Jana lief ihm durch den Flur hinterher. Marco zog seine Jacke aus und schmiss sie im Wohnzimmer auf die Couch.

Jana blieb wie angewurzelt im Türrahmen stehen, weil Marco sie weiterhin ignorierte und einfach in die Küche ging. Sie zögerte und fragte sich, warum Marco sauer war. So kannte sie ihn noch nicht. Sie waren seit über einem Jahr ein Herz und eine Seele. Marco war eigentlich nicht der launische Typ. Das konnte sie eher von sich behaupten und das gehörte nicht gerade zu ihren Lieblingseigenschaften, wenn sie sich hin und wieder selbst dabei erwischte.

»Was ist denn plötzlich in dich gefahren?«, fragte Jana und ging zur Anrichte. Sie schnappte sich eine Banane aus der darauf stehenden Obstschale und begann sofort zu essen.

Marco machte den Kühlschrank auf und holte eine Bierdose raus. Er ließ die Kühlschranktür klangvoll zuschnappen und lehnte sich mit dem Rücken dagegen.

»Du hast mir die ganze Zeit weisgemacht, dass du in einem Callcenter jobbst.«

Jana blieb der Bissen im Halse stecken. Sie hustete und würgte das letzte Stück Banane runter.

»Ähm - eigentlich hab ich allen Grund auf dich sauer zu sein. Du hast mich in´er Zelle auf´m Revier versauern lassen!«

Marco machte die Bierdose auf und ging wortlos an Jana vorbei ins Wohnzimmer. Er setzte sich auf die Couch und zündete sich eine Zigarette an. Dann trank er ein Schluck Bier und blickte Jana grimmig an.

»Nein! Ich war mit´m Anwalt auf der Wache und wollte dich rausholen. Er hat in Erfahrung gebracht, dass du auf´m Kiez im Puff arbeitest!«

Jana wurde beinahe erneut übel. Aber diesmal hatte es einen anderen Grund. Sie fühlte sich auf frischer Tat bei einer Lüge ertappt. Sie ließ sich in einen der beiden Ledersessel fallen, die gegenüber der Couch vor einem Glastisch standen und zündete sich auch eine Zigarette an. Bevor Jana was erwiderte, machte

sie nervös einen tiefen Zug an dem Glimmstängel.
»Schatz – ich mach nur´n bisschen Tabledance und sonst nichts … «, versuchte sich Jana mit schuldbewusster Miene zu rechtfertigen.

»Ich hab die ganze Nacht kein Auge zugetan und mich gefragt warum?«, unterbrach Marco sie.

»Ich wollte es dir ja erzählen, aber … «, sagte Jana flehentlich, denn sie befürchtete etwas, dass ihr eine Heidenangst machte. Marco hatte seine Exfrau auch entlarvt und sich dann von ihr getrennt.

Jana wusste, dass sie etwas falsch gemacht hatte und hoffte inständig, dass Marco ihr verzieh. Marco sah sie jedoch nur vorwurfsvoll an und drückte die Zigarette im Aschenbecher aus.

»Du wusstest, dass ich gegen so´n Job bin. Hast du nichts dazu gelernt? Wenn du mir nicht vertraust, dann … «, sagte Marco aufgebracht und sprang vom Sitzpolster. Er nahm seine Jacke und durchquerte das Wohnzimmer in Richtung Flur.

»Lass es mich erklären. Das Dollhaus ist kein Puff!«, sagte Jana in der Hoffnung, dass Marco sich wieder beruhigte, doch er drehte sich nur kurz um.

»Ich kann mir deine Lügen nicht länger anhören!«, sagte Marco und verschwand daraufhin im Flur.

»Du bist saublöd!«, rief Jana ihm genervt hinterher und hörte kurz danach, wie die Haustür krachend ins Schloss fiel. Daraufhin sackte sie zusammen und schlug sich schluchzend die Hände vors Gesicht.

KAPITEL 8

Polizeiobermeister Wenzel saß in seinem Büro am Schreibtisch und tippte im Einfingersuchsystem auf der Computertastatur herum. Er musste den Bericht über seine letzte Festnahme zu ende bringen.

Dabei ließ er eine Menge Einzelheiten einfach weg. Einerseits, weil er lästige Büroarbeit hasste wie die Pest und andererseits, weil er die Festnahme von Jana Wukowa nach dem Strafgesetz nicht wirklich gut genug begründen konnte. Er hatte sie lediglich mit einem Joint in der Hand erwischt und bei der Leibesvisitation auf dem Revier nicht einen Krümel Dope gefunden. Mit begründeten Tatverdacht hätte man sie 24 Stunden ohne Anklage problemlos einsperren dürfen, aber den gab es nicht wirklich.

Er sah gedankenverloren auf ein großes Kinoplakat an der Wand neben dem Aktenschrank und nippte an seinem Kaffeebecher, als das Telefon klingelte.

Er sah im Display, dass jemand aus der Strafanstalt Fuhlsbüttel anrief und nahm das Gespräch an.

»Scharmbek am Apparat. Norbert F. Alias Shaddow hat gleich einen Haftprüfungstermin.«

»Ja und – gibt's Probleme?«, fragte Wenzel irritiert.

»Haben Sie das Dokument endlich gefunden, worin das Opfer Jana Wukowa die Anschuldigung gegen den Insassen widerrufen hat?«

Wenzel überlegte einen Moment und zögerte mit der Antwort. Er wollte dem Anwalt kein Anlass für

Zweifel geben, dass mit der juristischen Korrektheit des Dokuments irgendwas nicht in Ordnung war.

»Moment – ich sehe gleich mal nach!«

Wenzel stand auf und holte aus dem Aktenschrank einen Ordner. Er ließ sich Zeit und blätterte darin herum, obwohl er genau wusste, wo das Dokument abgeheftet war.

»So – habe das Schreiben gefunden und es ist unterzeichnet!«

»Können Sie mir bitte den Widerruf schnell an diese Telefonnummer faxen? Die Anstalt beabsichtigt den Insassen wegen guter Führung zu entlassen.«

Wenzel nahm den Kaffeebecher und trank einen kleinen Schluck von der kalten Brühe. Er überlegte kurz, bevor er antwortete.

»Kann ich machen. Gibt´s irgendwelche Auflagen?«

»Er muss innerhalb eines Monats einen Job nachweisen und sich in dieser Zeit bei ihnen einmal in der Woche auf dem Revier melden!«, erklärte der Anwalt in der Hoffnung, dass sein Mandant auch wirklich in dem Schreiben entlastet wurde. Manche Haftrichter legten jedes Wort auf die Goldwaage und akzeptierten nicht alles, was man ihnen an Dokumenten vorlegte.

»Gut – gut, dann wissen wir das! Ich werde diesen Fall weiter bearbeiten«, bestätigte Wenzel.

»Danke – gut zu wissen, dass es noch Beamte gibt, die sich tatkräftig für Rehabilitation Strafgefangener einsetzen.«

Damit war das Gespräch beendet. Wenzel entnahm dem Ordner das Dokument und legte es in das Fach vom Faxgerät. Dann tippte er die Nummer auf dem Display seines Telefons in das Faxgerät und drückte zufrieden auf die Sendetaste.

Auf dem bedruckten Papier war am unteren Ende deutlich Janas Unterschrift zu lesen. Wenzel grinste amüsiert, weil er so gerissen war. Jana hatte nicht bemerkt, dass sie außer ihren Entlassungspapieren auch den Widerruf mit unterschrieben hatte.

In Wirklichkeit war das der einzige Grund für ihre Festnahme gewesen. Die Nacht in der Zelle hatte sie wie erwartet mürbe gemacht. Bei der am nächsten Morgen von ihm in Aussicht gestellten Freisetzung war sie ungeduldig gewesen. Jetzt konnte das Spiel beginnen!

KAPITEL 9

Zwei Beamte vom Strafvollzugsdienst nahmen sich Shaddows Zelle vor, um diese zu filzen, während er zu seinem Haftprüfungstermin gebracht wurde.

Es gehörte einerseits zur Routine, um die Sicherheit in der Justizvollzugsanstalt zu gewährleisten. Doch in diesem Fall hatten sie Anweisungen bekommen, besonders nach Drogen und Waffen zu suchen. Der Haftrichter wollte sichergehen, dass er den Insasse wegen guter Führung und dem von seinem Anwalt vorgelegten Widerrufs vorzeitig entlassen konnte.

Die beiden Vollzugsbeamten gaben sich alle Mühe und stellten den Haftraum auf den Kopf. Bis auf ein paar Pornos unter der Matratze fanden sie nichts, was zum Katalog verbotener Gegenstände gehörte. Natürlich wurde von Anfang an der Telefonverkehr überwacht und die Post kontrolliert, aber Shaddow blieb völlig unauffällig und seine Führungsakte war so sauber wie´n nackter Babypopo.

Schließlich gab für den Haftrichter das Dokument, worin Jana Wukowa die Anschuldigung gegen den Zuhälter zurücknahm, den entscheidenden Grund, diesen Häftling unter strengen Auflagen wieder auf freien Fuß zu setzen.

Lutscher und Beule standen mit dem schwarzen Lincoln Continental auf einem Parkplatz vor dem Gefängnis in der Straße *Am Hasenberge*. Beule saß auf dem Beifahrersitz und qualmte den Wagen voll.

Vor seiner Autotür lagen jede Menge abgebrannte Zigarettenstummel. Lutscher kaute ungeduldig auf einem *Lolli* herum. Beide blickten gespannt auf eine graue Stahltür, die man unterhalb des Wachturms sehen konnte.

»Bist du sicher, dass sich der Anwalt nicht mit dem Datum geirrt hat?«, fragte Beule genervt.

»Vielleicht sitzt Shaddow in der Bastelgruppe und knüpft ein Seil oder feilt Nachschlüssel, weil man ihn vielleicht nicht raus lassen will«, sagte Lutscher grinsend, als plötzlich die Hintertür vom Auto aufgerissen wurde.

Shaddow stieg schnell in seinen Straßenkreuzer ein und ließ sich auf die Rückbank fallen.

Lutscher und Beule drehten sich überrascht um.

»BOSS? Wo – wie . . . ?«, fragte Lutscher erstaunt.

Beide Bodyguards sahen verwundert auf Shaddows schrillen Jogginganzug. Er war einteilig und hatte grün-weiße Längsstreifen.

»Gafft mich nicht so blöd an. Im Knast gibt´s keine vernünftigen Klamotten. Ihr Vollpfosten! Ich hab´n halbe Stunde draußen doof rumgestanden«, raunte Shaddow verärgert.

»Ähm – wir dachten, das hier … «, stammelte Beule verunsichert.

Shaddow schlug die Seitentür krachend zu und sah Beule strafend an.

»Schnauze! Denken war noch nie deine Stärke. Der Ausgang von Santa-Fu ist am *Suhrenkamp*.«

Lutscher drehte den Zündschlüssel und startete den Motor. Er wendete sich nochmal um und sah seinen Boss grinsend an.

»Für´s nächste Mal wissen wir´s besser. Sollen wir auf´m Kiez eine Nutte für dich abgreifen?«

Shaddow versetzte Lutscher eine Kopfnuss.

»Red kein Stuss und fahr endlich los!«

Lutscher fuhr den Lincoln aus der Parkbucht. Dann trat er voll auf das Gaspedal, wobei die Hinterreifen durchdrehten und jede Menge Staub aufwirbelten.

»Und, wo soll´s jetzt hingehen?«, fragte Beule.

Shaddow holte ein Handy aus der Hosentasche, das die Vollzugsbeamten nicht gefunden hatten, weil er es im Gefängnishof hinter einem herausnehmbaren Backstein versteckt hielt. Er sah Beule missmutig an und drückte auf die Kurzwahltaste.

»Wohin wohl – ins *Dollhaus* natürlich, aber pronto!«

* * * * *

Polizeiobermeister Wenzel hatte seine Schicht auf dem Revier endlich hinter sich. Nun saß er auf dem Fahrersitz von seinem Opel Omega und blickte angestrengt auf das Display seines Smartphones. Die dort abgebildete Straßenkarte zeigte deutlich einen roten Punkt, der sich langsam fortbewegte.

Er ließ den Motor an und drückte auf die Hupe, weil ein Fiat Punto die Ausfahrt vom Parkplatz vor der Davidwache blockierte. Der Autofahrer sah sich erschrocken um und fuhr weg. Wenzel machte mit dem Wagen einen Satz und raste auf die Kreuzung an der Reeperbahn zu. Er überquerte die Straße, obwohl die Ampel gerade auf Rot wechselte.

In dem Augenblick klingelte das Smartphone in der Plastikhalterung an der Mittelkonsole. Er nahm das Gespräch an und achtete wenig auf den Verkehr.

Die Stimme von Shaddow ließ kein Zweifel daran, dass er wieder auf freiem Fuß war. Wenzel lief ein kalter Schauder über den Rücken. Insgeheim hatte er gehofft, dass der Haftrichter vielleicht doch was dagegen haben würde, diesen verruchten Zuhälter wieder auf die Menschheit loszulassen.

»Hab jetzt Feierabend und bin gerade losgefahren«, sagte Wenzel und überholte mehrere Autos, bevor er auf die Elbchaussee abbiegen konnte. Dabei hörte er angestrengt auf Shaddow´s unmissverständliche Anweisungen.

»Okay – werde ihn ein bisschen beschäftigen, bis Lizzy am Platz ist«, erwiderte Wenzel zögernd.

Der gewiefte Lude vom Kiez hatte ihn schon länger in der Hand und erpresste ihn mit einer sehr jungen Prostituierten, von der er nicht ablassen konnte.

Sie war verflucht sexy und erfüllte ihm jeden ausgefallenen Wunsch. Wenn davon etwas zu seinen Vorgesetzten durchdringen sollte, konnte er seine Marke an den Nagel hängen und wäre noch dazu seine Pensionsansprüche los.

KAPITEL 10

Marco fuhr in seinem Wagen auf der Elbchaussee entlang. Autofahren half ihm merkwürdigerweise, wieder einen klaren Kopf zu bekommen, wenn er Beziehungsprobleme hatte. Aber diesmal schien es nicht zu funktionieren. Ihm schossen alle möglichen Gedanken durch den Kopf.

Warum Jana ihm gegenüber ihren tatsächlichen Job verheimlicht hatte, war nicht schwer zu erraten. Ihr war klar, dass er nicht begeistert gewesen wäre. Das sie sich ineinander verliebt hatten, war auch eine schicksalhafte Fügung, und rettete sie am Ende vor der Zwangsprostitution.

Jana wollte nie mehr auf den Strich gehen. Deshalb waren sie schließlich quer durch Norddeutschland vor Shaddow und seinen Bodyguards geflohen.

Die Geschichte lag schon mehr als ein Jahr zurück. Jana hätte es fast das Leben gekostet. Das Projektil hatte nur knapp ihr Herz verfehlt und ihre Lunge perforiert. In seinen Augen war der Job ein Rückfall in alte Muster. Leicht verdientes Geld durch die zur Schaustellung ihres Körpers.

Marco sah mehrmals in den Rückspiegel, weil ein Autofahrer hinter ihm immer wieder zu dicht auffuhr. Der Idiot klebte wie Pattex an der Stoßstange von seinem BMW. „Hat der Typ vergessen, seine Brille aufzusetzen?", fragte sich Marco gerade, als an der Kreuzung Halbmondweg, Ecke Elbchaussee die Ampel auf Gelb umsprang. Marco gab Vollgas!

Die Ampel sprang jedoch schneller auf Rot um, als er gehofft hatte. Er musste bremsen, da sofort ein Fußgänger die Straße betrat. Plötzlich krachte es!

Der Airbag schoss aus dem Lenkrad. Marcos Kopf wurde augenblicklich nach vorne geschleudert und in ein weiches Luftkissen gepresst.

Wenzel stieg aus seinem Auto und drehte sich um. Der Fußgänger hatte es anscheinend eilig und keine Lust als Zeuge auf die Polizei zu warten.

Er hatte darauf geachtet, dass niemand sonst, außer seinem Opel Omega und dem BMW, an der Ampel stand. Schließlich ging er auf das Auto zu und warf einen Blick in das Innere.

Marco kämpfte händeringend mit dem Airbag im Gesicht, denn das Luftkissen drohte ihm den Atem zu rauben. Wenzel klopfte an die Scheibe.

Marco ließ das Seitenfenster herunter, als die Luft endlich aus dem Airbag entwichen war und blickte Wenzel entgeistert an.

»Sie schon wieder?«

Wenzel hob abwehrend die Hände und machte eine betroffene Miene.

»Ist Ihnen was passiert? Soll ich ein Krankenwagen rufen?«

Marco schüttelte verständnislos mit dem Kopf und öffnete abrupt die Fahrertür. Er hätte den Polizist beinahe mit dem Türrahmen weggestoßen. Wenzel trat reflexartig zurück und hielt sich an der Tür fest.

»Haben Sie denn nicht gesehen, dass ich gebremst habe?«, fragte Marco genervt und stieg aus´m Auto.

»Ich dachte auch, dass Sie diese Ampelphase ganz knapp schaffen«, erwiderte Wenzel zögernd.

Marco ging missmutig an Wenzel vorbei zum Heck seines BMW´s und guckte sich die Bescherung an. Beide Rücklichter waren total zerdeppert, aber der Stoßfänger sah nur leicht zerbeult aus. Wenzel kam zu ihm und grinste verlegen.

»Sie sind Schuld, aber ist zum Glück nur´n kleiner Blechschaden.«

»Wohl kaum – derjenige, der auffährt ist Schuld!«

In dem Augenblick kamen hinter dem Opel Omega von Wenzel ein paar Autos zum stehen. Der Fahrer in dem ersten Wagen sah nur zwei Männer, die vor einer Ampel auf der Straße standen und sich unterhielten. Er wurde schnell ungeduldig und betätigte die Hupe.

»Besser, wir fahren unsere Autos zur Seite – oder wollen Sie jetzt die Polizei rufen?«, fragte Wenzel amüsiert.

»Die ist ja schon da! Aber anscheinend kennen Sie sich mit Verkehrsrecht nicht gut aus.«

Wenzel winkte mit der Hand und signalisierte dem ersten Autofahrer vorbeizufahren. Der Fahrer sah genervt durch die Windschutzscheibe und rangierte seinen Wagen umständlich an den beiden Autos vorbei. Als er an Wenzel vorbeifuhr, zeigte er ihm mit dem Finger ein Vogel. Die anderen Autofahrer folgten schließlich dem ersten Wagen. Alle überquerten die Kreuzung gerade rechtzeitig, bevor die

Ampel wieder auf Rot sprang. Polizeiobermeister Wenzel klopfte Marco auf die Schulter.

»Du stehst unter Schock, mein Junge, und solltest so nicht weiterfahren. Ich gebe einen aus!«

Marco war ziemlich verblüfft über den plötzlichen Sinneswandel des Polizisten. Er zögerte erst, nickte dann doch und stieg wortlos ins Auto. Er wendete den BMW und fuhr auf die andere Straßenseite.

Dort stellte er seinen Wagen ein paar Meter von der Kreuzung entfernt auf dem Standstreifen ab. Der Verkehr war überschaubar und Marco überquerte schnell die Straße. Er lief zu dem Opel Omega und stieg auf der Beifahrerseite in den Wagen. Wenzel startete den Motor und trat auf´s Gaspedal, als die Ampel auf Grün umsprang.

»Wo wollten Sie denn eigentlich hin?«, fragte Marco misstrauisch.

»War auf´m Weg zum Schießstand, aber das kann warten«, verriet Wenzel beiläufig.

Sie fuhren etwa einen halben Kilometer auf der Elbchaussee entlang, als Wenzel schon wieder abbog. Er lenkte seinen Wagen an die Uferpromenade und stellte ihn dort auf einem Parkplatz ab. Marco kannte Teufelsbrück, wo Wenzel mit ihm hinwollte. Er folgte ihm über einen Steg zum Fähranleger.

»Kaffee oder Cognac?«

»Beides, wenn´s nichts ausmacht«, sagte Marco und ließ sich sichtlich erschöpft auf einer Bank nieder. Wenzel ging zum Kiosk, während Marco sich eine

Zigarette ansteckte. Dabei beobachtete er mitten auf der Elbe ein Spezialkran auf einem schwimmenden Ponton. Dieser baggerte mit einer Riesenschaufel tonnenweise Schlick aus der Fahrrinne und ließ ihn in ein Frachtkahn fallen. Hamburg hatte den zweitgrößten Binnenhafen Europas. Darum wurde die Elbe immer wieder vertieft.

Wenzel kam mit zwei Pappbecher Kaffee & Cognac zurück und setzte sich neben Marco auf die Bank. Er reichte ihm einen Becher und stieß mit Marco an.

»Wie groß ist die Wahrscheinlichkeit, dass gerade wir an dieser Kreuzung zusammengestoßen sind?«

Wenzel dachte scharf nach und warf Marco leicht verunsichert einen Seitenblick zu.

»Keine Ahnung – vielleicht Eins zu einer Million. Wo wollten Sie denn hin?«

»Ähm – bin nur so herumgefahren«, sagte Marco.

»War´n Zufall«, erwiderte Wenzel scheinbar gleichgültig.

Marco kratzte sich am Hinterkopf und fand dieses Zusammentreffen trotzdem seltsam.

»Oder Schicksal«, bemerkte Marco und nippte an seinem Becher. Dabei blickte er nachdenklich auf die Elbe. Im Süden ging die Sonne langsam unter.

»Und wer bezahlt jetzt den Schaden?«, fragte Marco und sah Wenzel kritisch von der Seite an.

Wenzel leerte den Pappbecher und wurde plötzlich sichtlich unruhig.

»Meine Versicherung – ich muss jetzt los!«

Wenzel wollte vermeiden, dass Marco misstrauisch wird und noch mehr Fragen zu dem Unfall stellt. Er hatte Marcos Handysignale mit einer Ortungs-App auf seinem Smartphone verfolgt und diesen kleinen Unfall auf Shaddows Befehl hin inszeniert. Er erhob sich von der Holzbank und ging einfach los.

»Danke für den Kaffee«, rief Marco ihm hinterher. Wenzel warf seinen Becher in einen Mülleimer und drehte sich nochmal kurz um.

»Ich melde mich!«, sagte er nur beiläufig und ging weiter über den Steg in Richtung Parkplatz.

KAPITEL 11

Marco stand an der Balustrade vom Fähranleger. Er rauchte die Zigarette bis zum Filter und schnippte sie ins Wasser. Es war ein merkwürdiger Tag. Ihm schossen noch mehr Gedanken durch den Kopf, als während der Fahrt mit dem Auto. Er wendete sich der Uferpromenade zu. Der Sonnenuntergang war malerisch. Marco entschied sich, am Elbufer zurück zum Auto zu gehen.

Er warf ein paar flache Steine in die Elbe und ließ sie übers Wasser tanzen. Dabei dachte er an Jana, und konnte sich einfach nicht mit dem Gedanken anfreunden, dass sie für Geld vollkommen entblößt vor irgendwelchen Typen herumtanzte.

Er schlenderte weiter frustriert am Elbufer entlang. Nach einer Weile kam er an einem Lagerfeuer vorbei, wo eine Gruppe Jungs und Mädels Dosenbier trinkend drumherum saßen.

»Hey – hab dich neulich im Schanzen-Park Klampfe spielen gesehen. Wir könnten hier auch was Musik gebrauchen«, rief ihm eine junge Blondine zu.

Das Mädel hielt plötzlich eine Wandergitarre hoch. Marco blieb kurz stehen und sah verunsichert zum Lagerfeuer rüber. Die Blondine lächelte und winkte ihn mit einer Hand einladend zu sich. Marko kam verunsichert etwas näher. Er war eigentlich nicht in Partystimmung.

»Spiel doch was für uns – Bier kriegst´e umsonst!«

Marco erkannte einen von den Jungs am Lagerfeuer aus dem Schanzen-Park. Allerdings hatte der sich schnell mit seinen Freunden verdrückt und war zu besoffen, um sich an den Grund zu erinnern.

Er griff sich die Gitarre und nahm zögernd neben der Blondine platz. Marco spielte einen Akkord, der sich allerdings total schräg anhörte und begann die Saiten zu stimmen. Nebenbei trank er Bier und kurz darauf reichte ihm die Blondine einen Joint.

Er machte einen tiefen Zug und begann mit einer Improvisation vom *Summertime Blues*. Währenddessen kamen noch mehr Leute und brachten alles mögliche zum Grillen und zu Trinken mit. Jemand hatte einen Gettoblaster dabei.

Die Stimmung wurde ausgelassener. Die Blondine füllte ihn mit Rum-Cola ab. Gleich mehrere Joints machten die Runde. Irgendwann fand sich Marco in den Armen der süßen Maus wieder. Sie fing an, mit ihm herum-zu-knutschen.

Plötzlich stand Marco auf und ging schwankend an das Elbufer. Das junge Mädel erhob sich und folgte ihm.

»Hab ich was falsch gemacht, oder magst du mich nicht?«

Marco blickte versonnen auf´s Wasser. Nach einer Weile drehte er sich leicht wankend um.

»Nein - du bist ganz süß, aber ich hab´n Freundin«, erwiderte Marco lallend.

Die Blondine ging zu ihm und nahm seine Hand.

»Jetzt hab dich nicht so. Wir können doch trotzdem ein bisschen Spaß haben.«

Marco war nicht mehr in der Lage zu protestieren. Er war einfach schon zu breit, um überhaupt etwas zu sagen. Die Blondine lotste ihn zu einem Baum. Er bemerkte zunächst nicht, dass sie sich an seiner Hose zu schaffen machte.

Ehe er sich versah, begann sie ihm einen zu blasen. Ziemlich betrunken blickte Marco verwirrt an sich hinunter. Erst jetzt wurde ihm klar, was da vor sich ging. Er versuchte sich halbherzig wegzubewegen, aber die Blondine hatte ihre Arme um sein Becken geschlungen und ließ nicht locker.

Marco hörte sich grunzen und bemerkte, wie seine Leidenschaft wuchs und von ihm Besitz ergriff. Die Blondine bugsierte ihn zu einem Haufen Treibgut zwischen herumliegenden Baumstämmen.

Sie zog ihr T-Shirt hoch und hielt Marco ihre vollen Brüste vors Gesicht. Nun war auch er nicht mehr zu bremsen. Ihre Nippel wurden sofort spitz, als er mit der Zunge drüber leckte. Er umschloss sie mit den Lippen und lutschte beide nacheinander genüsslich ab. Sie stöhnte erregt und zog unter ihrem kurzen Röckchen den Schlüpfer aus.

* * * * *

Etwa zum gleichen Zeitpunkt war Wenzel endlich am Schießstand eingetroffen. Er setzte gerade seine Unterschrift unters Anmeldeformular, und ließ sich am Tresen von dem Aufsichtspersonal Patronen für seine Dienstwaffe *Walter PPK 9 mm* geben. Danach begab er sich an den ihm zugewiesenen Platz.

Die Schießstände waren um diese Uhrzeit fast alle besetzt. Schützen ballerten mit diversen Waffen auf die Zielscheiben. An einem Platz stand Langeber.

Als Wenzel dort vorbeikam, nickte er ihm kurz zu und ging erst mal weiter. Nach dem Schießtraining blieb noch genug Zeit zum Schnacken. Der Kollege hatte heute zum Glück Spätdienst, denn er brauchte ihn für den nächsten Schritt. Es war riskant, denn Langeber war nicht in Shaddows Plan eingeweiht. Er sollte ahnungslos bleiben, genauso wie Wenzels Lieblingsnutte Lizzy. Sie hatte den Auftrag, Marco ein bisschen zu verwöhnen. Es war ein übler Trick, um ihn später unter Druck setzen zu können.

Shaddow brauchte Marco für eine dubiose Aktion, die ohne ihn nicht durchführbar war, und er musste als Backup dafür sorgen, dass bei dem ausgefeilten Plan alles glatt lief. Wenzel suchte den letzten freien Platz auf, um trainieren zu können. Er setzte den Ohrschutz auf, überprüfte das Magazin, entsicherte und legte an. Als Rechtshänder stützte er mit seiner linken Hand den Schaft von der Waffe.

Dann gab er die ersten Salven in kurzen Abständen auf die Zielscheibe ab. Wenzel zögerte ein Moment und schoss schließlich das ganze Magazin leer.

Danach drückte er eine Taste. Die Zielscheibe setzte sich in Bewegung und kam an einem Drahtstrang langsam auf ihn zu. Das Ergebnis war katastrophal!

Er hatte kein einziges Mal ins Schwarze getroffen. Wenzel wechselte die Zielscheibe aus und lud die Waffe nach. Er konzentrierte sich auf seine Atmung und nahm wieder die klassische Schussposition ein. Schulter gerade, linker Fuß ein Schritt nach vorne, und vor jedem Schuss kurz ausatmen.

Das Ergebnis konnte sich sehen lassen, aber er zielte trotzdem bei jedem Schuss zu weit nach oben, was ihn nervöser werden ließ. Total genervt verballerte er seine restliche Munition, nur um sich irgendwie abzureagieren.

* * * * *

Die Blondine saß mit gespreizten Schenkeln auf Marcos Hüfte und bewegte ihr Becken rhythmisch auf und ab. Marco knetete mit den Händen ihre Brüste und saugte an ihren Knospen. Er blickte sich kurz verunsichert um, während der junge Hüpfer wie beim Rodeo auf ihm herum-ritt. Es war bereits dunkel. Sie stöhnten beide total erregt und kamen schließlich zum Orgasmus.

Marco warf verunsichert ein Blick zum Lagerfeuer herüber, konnte aber nur die Schatten von ein paar Leuten sehen. Um so deutlicher hörte er verzerrte Gitarren einer Punkband aus dem Gettoblaster.

»Hast du Panik, jemand könnte was mitbekommen haben?«, fragte die Blondine amüsiert und stieg von ihm herunter. Marco zog schnell die Hose hoch und machte den Gürtel zu.

»Ist wohl jetzt ehe zu spät dafür. Ähm – wie heißt du eigentlich?«, fragte Marco ausweichend.

Das junge Girl sah Marco verschmitzt lächelnd an. »Du bist süß. Willst du das echt wissen?«

Marco raffte sich ungeschickt auf. Er wankte kurz und gab ihr ein Küsschen auf die Wange.

»Nicht wirklich, aber war nett mit dir.«

Marco fühlte sich wackelig auf den Beinen und ging zurück zum Lagerfeuer. Einer der Jungs hielt ihm eine Flasche Barcadi unter die Nase und zwinkerte. Marco nahm einen kräftigen Schluck.

Die Blondine tanzte bereits wieder ausgelassen mit einem jüngeren Typen zur Musik und schenkte ihm für den Rest des Abends keine Beachtung mehr.

KAPITEL 12

Das Lagerfeuer war schon weit herunter gebrannt. Marco war total fertig mit der Welt. Er richtete sich mühsam auf und verabschiedete sich flüchtig von der Blondine. Jedoch bekam die das nicht mit, weil sie gerade mit einem anderen Typ rummachte.

Er torkelte auf unbefestigtem Weg zu seinem Auto am Elbufer entlang. Irgendwann entdeckte er eine Böschung und stolperte einen dunklen Pfad hinauf. Wie durch ein Wunder fand er die Elbchaussee.

Marco musste eine Weile in der Dunkelheit gesucht haben, bis er plötzlich vor seinem BMW stand. Ihm war schleierhaft, warum er die Kreuzung beinahe verfehlt hätte. Er setzte sich hinters Lenkrad und wollte nachhause fahren, aber er war so müde, dass ihm bei laufendem Motor die Augen zufielen.

Ein enervierendes Klacken gegen die Fensterscheibe weckte ihn wieder auf. Ein Streifenpolizist blendete Marco mit einer Taschenschlampe in das Gesicht. Er hielt sich eine Hand vor die Augen und kurbelte langsam das Seitenfenster runter.

»Führerschein und Wagenpapiere, bitte!«

Marco entdeckte noch einen Polizist, der mit seiner rechten Hand am Hohlster des Waffengürtels neben dem Kollegen stand.

»Bitte was?«, fragte Marco schlaftrunken.

Der zweite Polizist trat einen Schritt nach vorn und musterte Marco kritisch.

»Haben Sie nicht verstanden, was mein Kollege gesagt hat?«

Marco beugte sich zur Beifahrerseite und öffnete das Handschuhfach. Er wühlte zwischen ein paar Strafzetteln, bis er endlich die Wagenpapiere fand. Danach holte er noch seinen Führerschein aus der Brieftasche und übergab ihn mit den Papieren dem Polizist. Der warf kurz ein Blick auf das Photo und ging danach zum Streifenwagen, der direkt hinter dem BMW stand.

Marco sah im Rückspiegel, dass der Streifenpolizist akribisch seine Personalien prüfte. Der Kollege ging langsam um den Wagen herum und inspizierte mit der Taschenlampe das Heck. Nach einer Weile stieg der Polizist aus dem Streifenwagen und kam gleich darauf zurück.

»Machen Sie den Motor aus und steigen bitte aus dem Wagen!«

Marco war gar nicht bewusst, dass der Motor lief und drehte den Zündschlüssel um. Danach sah er den Polizist verständnislos an.

»Warum das – stimmt was nicht?«

Der Polizist öffnete unversehens die Fahrertür.

»Tun Sie, was ich Ihnen sage!«

Marco stieg unbeholfen aus dem Auto, worauf ihm plötzlich schlecht wurde. Er begann zu wanken und konnte sich nur mühsam auf den Beinen halten. Der Polizist am Heck strahlte ihn mit der Taschenlampe an.

»Ihre Rücklichter sind kaputt!«

»Ist nicht meine Schuld – da ist mir jemand rein-gefahren«, sagte Marco lallend.

Der Streifenpolizist neben Marco hielt ihm plötzlich ein Röhrchen mit einer kleinen Plastiktüte unter die Nase.

»Sie haben´n Fahne wie´n Matrose auf Landurlaub. Blasen Sie bitte mal in das Röhrchen.«

Marco wies mit einer Handbewegung das Röhrchen mit der durchsichtigen Plastiktüte von sich und sah den Polizist kopfschüttelnd an.

»Ich bin nicht Auto gefahren, ich hab nur gepennt!«

Der andere Polizist, der immer noch neugierig das Heck an Marcos BMW untersuchte, kam schnell mit seiner Stabstaschenlampe im Anschlag herbeigeeilt und baute sich breitbeinig vor ihm auf.

»Sie sind als Fahrzeughalter verpflichtet, unseren Aufforderungen sofort folge zu leisten. Wenn Sie sich weigern, wird das strafrechtliche … .«

»Blabla – geben Sie schon her!«, erwiderte Marco genervt.

Marco riss dem Kollegen einfach die Plastiktüte aus der Hand. Ohne viel Luft zu holen, blies er durch das Röhrchen. Er fühlte sich ziemlich schwach auf den Beinen und hatte einfach nicht genug Puste.

Die beiden Polizisten schauten sich gegenseitig viel-sagend an.

»Sie müssen schon tiefer Luft holen und mit voller Kraft hinein pusten!«

Marco war bereits schwindelig zu mute, holte aber trotzdem tief Luft und blies mit voller Kraft in das Röhrchen. Auf einmal wankte er und begann zu würgen. Er riss sich das Röhrchen aus dem Mund und kotzte dem Streifenpolizist auf die Schuhe. Sein Kollege sprang noch rechtzeitig zur Seite.

»Verdammte Scheiße!«, bluffte der Streifenpolizist Marco an und rannte daraufhin zum Polizeiauto. Dort riss er die Kofferraumhaube auf und holte eine volle Schachtel mit Papiertüchern raus. Er rümpfte angeekelt die Nase und begann die Schuhe ab-zu-wischen. Sein Kollege sah Marco aufgebracht an.

»Jetzt reicht´s mir aber. Wir nehmen Sie jetzt für´n Bluttest mit auf´s Revier. Sie sind alkoholisiert und wer weiß, was Sie noch auf´m Kerbholz haben!«

Wenzel beobachtete hinter einem Baum aus einiger Entfernung die Szene. Er hatte die Kollegen gerufen als Marco endlich von der Elbe zurückgekehrt war.

* * * * *

Kurz darauf fand sich Marco auf der Davidwache in einem kahlen weißgetünchtem Raum auf einem Stuhl wieder. Er hatte keine Erinnerung daran, wie er so schnell dahin gelangt war. Sein rechter Arm lag auf einem Tisch und in seiner Vene steckte eine Injektionsnadel, die zu einer Kanüle gehörte.

Die Kanüle füllte sich langsam mit Blut. Ein Arzt drückte mit einem Tupfer auf den Einstich und zog die Injektionsnadel heraus.

»Halten Sie den Tupfer bitte fest. Sie bekommen gleich ein Pflaster von mir.«

Marco drückte den Tupfer mit einem Finger fest auf den Einstich und sah ungeduldig dabei zu, wie der Amtsarzt die Kanüle mit einem Stift beschriftete. Plötzlich ging die Tür auf. Ein Polizeibeamter kam herein. Marco erkannte ihn sofort wieder.

»Herr Zilinski – wir werden Sie erst mal hier-behalten. Kommen Sie bitte mit!«, sagte Langeber.

Marco sprang vom Suhl hoch, auf dem er gesessen hatte, und funkelte Langeber wütend an.

»Das kann doch nicht wahr sein – ich protestiere!« Der Amtsarzt drückte Marco sanft auf den Stuhl zurück und klebte ein Pflaster auf den Einstich in der rechten Armbeuge.

Langeber postierte sich breitbeinig im Türrahmen und grinste Marco hämisch an.

»Wenn Sie Widerstand leisten, hol ich gleich noch'n paar Kollegen dazu!«

»Machen Sie doch was Sie wollen, aber machen Sie schnell. Ich muss pinkeln!«, erwiderte Marco müde.

KAPITEL 13

Ein pöbelnder Matrose in der Ausnüchterungszelle ließ Marco hochschrecken. Er wachte in der selben Zelle mit einem üblen Kater auf, worin auch Jana zwei Tage zuvor eine Nacht verbracht hatte.

Das Geschrei von nebenan dröhnte in Marcos Kopf so laut wie auf´m Fischmarkt rüber. Dazu gesellte sich das klackende Geräusch der Eisenverschläge an der Stahltür, während jemand die Riegel aufschob. Die Zellentür öffnete sich knarzend!

»Wenn Sie so weitermachen, kreuzen sich unsere Wege wohl noch öfter«, sagte Wenzel amüsiert.

Marco richtete sich mühsam auf der Pritsche hoch und blinzelte Polizeiobermeister Wenzel überrascht an.

»Sie schon wieder?«

Kurz darauf fand sich Marco in Wenzels Büro auf einem Stuhl sitzend wieder. Er hatte fiese Gliederschmerzen und sein Kopf fühlte sich wie ein leerer Eimer Wasser an. Er sah sich in dem Büro kurz um, während Wenzel Kaffee aus einer Thermoskanne in zwei Becher goss. Ein übersichtlicher Arbeitsplatz mit Computermonitor, Aktenschränken, und hinter ihm ein altes Kinoplakat von dem Film *Die Tote im Unterholz* an der Wand. Wenzel schob Marco einen Becher Kaffee über den Schreibtisch vor die Nase.

»Danke!«

Marco probierte einen Schluck und trank daraufhin

sogleich den halben Becher leer. Langsam kehrten seine Lebensgeister zurück. Wenzel saß auf seinem Chefsessel. Er trank ebenfalls Kaffee und musterte Marco kritisch, der in seinen Augen übermüdet und derangiert aussah.

»Ich war ziemlich überrascht, als ich Sie am Morgen auf der Haftliste gesehen habe.«

»Bin ebenso überrascht – kann mich an nichts mehr erinnern!«, sagte Marco und sah Wenzel genervt an. Wenzel wendete sich dem Monitor zu und tippte auf der Computertastatur herum.

»Hier steht, dass man Sie schlafend in ihrem Auto gefunden hat.«

»Na und – ist das etwa ein Verbrechen?«, erwiderte Marco mürrisch.

Wenzel trank ein Schluck Kaffee, stellte den Becher lautstark auf seinem Schreibtisch ab und sah Marco verständnislos an.

»Was ist denn bloß mit Ihnen los? Der Bluttest hat ergeben, dass Sie zwei Promille im Blut hatten.«

Marco nahm ebenfalls einen großen Schluck Kaffee aus seinem Becher, bevor er antwortete.

»Schon möglich, bin aber nicht Auto gefahren!«

Wenzel schaute auf den Monitor und klickte mit der Maus die nächste Seite im Polizeibericht an.

»Da ich weiß, wo Ihr Auto gestanden hat, will ich Ihnen mal glauben.«

»Ähm – gestanden?«, fragte Marco verwundert.

»Wurde heute früh abgeschleppt!«, erklärte Wenzel.

Marco verschluckte sich beinahe an seinem Kaffee und musste husten, während er den Becher schnell auf dem Schreibtisch abstellte.

»Sie sehen ziemlich fertig aus.«

Marco kratzte sich am Hinterkopf und sah Wenzel verlegen an.

»Soll das´n Kompliment sein?«

Wenzel schaltete den Computer aus.

»Ich mache gleich Feierabend. Wenn Sie wollen, fahre ich Sie nach Hause?«, schlug Wenzel vor, und heftete noch schnell ein paar Unterlagen in einer Dokumentenmappe ab.

»Ich weiß nicht recht, ob das eine gute Idee ist?«, murmelte Marco unsicher und fragte sich, wie Jana wohl reagieren würde, wenn sie das mitbekäme.

Wenzel erhob sich von dem Chefsessel und nahm die Dokumentenmappe an sich. Er schritt langsam zur Tür und und drehte sich nochmal kurz um.

»Denken Sie drüber nach! Ich muss die Unterlagen wegbringen und komme gleich wieder.«

KAPITEL 14

Marco saß während der ganzen Fahrt still in sich
gekehrt neben Wenzel. In seinem Kopf rumorte es.
Natürlich war Marco ihm dankbar, dass er nicht mit
der Bahn nachhause fahren musste. Aber trotzdem
war ihm nicht ganz wohl bei dem Gedanken.
Vielleicht lag es am Job eines Polizisten, der Wenzel
ziemlich autoritäre Züge verlieh. Zudem begann er
sich langsam zu fragen, was der mit ihm im Schilde
führte. Marco war erleichtert, als sie schließlich in
der Wohnsiedlung ankamen. Wenzel stoppte mit
dem Wagen direkt vor dem Reihenhaus.
Marco war drauf und dran, den Opel fluchtartig zu
verlassen. Er öffnete die Beifahrertür und drehte
sich nochmal um.
»Danke dafür. Würde mich ja gern revanchieren,
aber ich fürchte mein Kühlschrank ist leer.«
Wenzel machte den Motor aus und schaute Marco
belustigt an.
»Ich lass mich auch gern mit´m kleinen Whiskey ab-
speisen.«
Marco überlegte kurz, ob es eine gute Idee war, den
Polizist in die Wohnung mitzunehmen.
»Damit kann ich dienen!«, sagte Marco, obwohl er
nicht wusste, wie viel noch in der Flasche drin war.
Außerdem wollte er bei dieser Gelegenheit Wenzel
aushorchen. Er bat ihn vor der Tür zu warten und
sah sich vorher im Erdgeschoss nach Jana um. Doch

als er erleichtert feststellte, das sie nicht da war, ließ er Wenzel rein. Im Wohnzimmer sah der sich sofort interessiert um, und war vom LCD Fernseher mit dem räumlichen Klangsystem sichtlich beeindruckt. Marco holte aus dem Getränkeschrank zwei Gläser und eine Flasche Single-Malt. Wenzel blickte durch die rückwärtige Glasfront über die Terrasse in den Garten.

»Hab Sie für'n Freak gehalten, der bekifft in einer Altbauwohnung mit Kumpels abhängt«, bemerkte Wenzel belustigt.

Marco machte die Gläser halbvoll und ging damit zu Wenzel. Er reichte ihm einen Whiskey und stieß mit ihm an.

»Danke, dass Sie mich aus der Zelle geholt haben.« Sie tranken beide einen Schluck und Wenzel nickte anerkennend.

»Edler Tropfen! Aber bezahlen Sie ihre Knöllchen, da kann ich nämlich nichts für sie tun.«

»Hab ich auch nicht erwartet.«

Wenzel stellte sein Glas auf dem Wohnzimmertisch ab.

»Ich müsste mal auf's Klo!«

»Die Treppe rauf und dann auf dem Flur die zweite Tür links.«

Wenzel stieg die Wendeltreppe hoch, die von dem Wohnzimmer aus in den ersten Stock hinauf führte. Er ging durch den Flur und kam an einer halb offen stehenden Tür vorbei. Er warf neugierig einen Blick hinein. Das Schlafzimmer war in einem ziemlich chaotischem Zustand. Das Bett war ungemacht und der Schlafzimmerschrank stand offen. Er war halb leergeräumt, wie auch eine Kommode mit herausgezogenen Schubladen. Plötzlich hörte er Marco auf der Wendeltreppe und ging schnell durch den Flur in das Bad.

Marco wollte eigentlich nur im Schlafzimmer nachsehen, ob Jana vielleicht ein Nickerchen machte. Als er jetzt bemerkte, dass sie offensichtlich ihre ganzen Klamotten mitgenommen hatte, wurde ihm schlagartig die Tragweite des Streits vom Vortag bewusst. Jetzt bereute er seine abweisende Haltung und die Sturheit. Jana dachte wahrscheinlich, nachdem er einfach abgehauen und in der Nacht nicht zurückgekommen war, dass er mit ihr Schluss machen wollte.

✳ ✳ ✳ ✳ ✳

Es war bereits stockdunkel. Im Fernsehen lief ein Testspiel der deutschen Fußballnationalmannschaft. Marco hatte es sich im Sessel bequem gemacht und Wenzel auf der Ledercouch. Die Flasche Single Malt war beinahe leer. Marco füllte die Gläser nach und Wenzel prostete ihm deutlich angeheitert zu.

»Sie wissen, was gut ist! Wo steckt eigentlich Ihre bessere Hälfte?«

Diese Frage ging Marco schon die ganze Zeit durch den Kopf, aber er war zu besoffen, um noch einen klaren Gedanken fassen zu können.

»Wenn Sie sie nicht eingebuchtet hab'n, in irgend so'm Bumslokal«, sagte Marco lallend.

Wenzel war ebenfalls schon ziemlich knülle. Er sah Marco amüsiert an.

»Auf'm Kiez?«, fragte Wenzel neugierig und kippte sich den Rest Whiskey hinter die Binsen.

Marco knallte sein leeres Glas eher ungewollt auf den Wohnzimmertisch. Er war verwirrt, denn Jana könnte ihn aufgrund eines Missverständnisses und der Verkettung von unvorhersehbaren Ereignissen verlassen haben.

»Ja – und das macht mich total fertig!«

Das war der Augenblick, auf den Wenzel gewartet hatte. Er merkte, dass Marco sehr verzweifelt war.

»Kann ich verstehen. Vielleicht sollten wir uns auf der Reeperbahn einfach mal umsehen gehen.«

KAPITEL 15

Wenzel fuhr zwar nicht in Schlangenlinien mit dem Opel Omega auf der Reeperbahn entlang, aber er hätte beinahe ein ausparkendes Auto gerammt. Er machte eine Vollbremsung, wodurch sich Marcos Sicherheitsgurt ruckartig anspannte und ihn leicht nach vorne schleuderte. Er war kurz weggetreten, und riss erschrocken die Hände hoch.

»Wo sind wir?«, fragte Marco verwirrt, obwohl die Reklametafeln über den Sex Shops, Spielhöllen und Steigen, die Reeperbahn wie einen Jahrmarkt bunt beleuchteten und keinen Zweifel daran ließen, wo sie sich befanden. Erst jetzt wurde ihm klar, dass Wenzel angetrunken Auto fuhr.

»Wir sind da!«, antwortete Wenzel vergnügt und rangierte das Auto in die freigewordene Parklücke. Marco stieg zögernd aus und folgte Wenzel in die Fußgängerzone an der Großen-Freiheit. Seine Beine fühlten sich wie Gummi an.

»Erinnern Sie sich jetzt wie der Laden heißt, in dem Ihre Freundin arbeitet?«

»Irgend ein Name mit *Haus* am Ende«, sagte Marco nachdenklich.

Sie gingen gerade unter einer riesigen Neonreklame durch, die quer über die Fußgängerzone von einer Hausfassade zur anderen montiert worden war. Für einen Moment erschien darauf in roten Buchstaben mit buntfarbenen Hintergrund der Name ***Dollhaus.***

Nach wenigen Schritten kam ihnen ein Mann vom Eingang eines Vergnügungslokals entgegen geeilt. Der Animateur empfahl ihnen überschwänglich die *Ritze* zu besuchen.

»Moin, komm´se rinn – hier gibt's heiße Bräute zu sehen, die Euch die Augen verdrehen. Eintritt frei mit oben-ohne Bedienung.«

Wenzel beachtete den Typ im rot-livrierten Anzug nicht und ging wortlos weiter. Er steuerte auf das gegenüberliegende Etablissements zu und blieb davor stehen. Die große Fassade war in dunkelblaues Neonlicht getaucht. Über dem Eingang leuchtete ein Schild mit dem Namen *Dollhaus*.

Er drehte sich um und klopfte Marco aufmunternd auf die Schulter.

»Ich schätze, ich hab den Laden gefunden!«

Marco schaute Wenzel irritiert mit glasigen Augen an, denn er hatte vollkommen vergessen, warum sie eigentlich losgezogen waren. Trotzdem ging Marco wie hypnotisiert durch die Glastür am Eingang.

Wenige Schritte dahinter stand ein breitschultriger Typ. Der Türsteher musterte Wenzel misstrauisch und tastete ihn nach Waffen ab. Der Eingang war ziemlich dunkel und Marco wartete hinter ihm.

Wenzel wurde vom Türsteher durchgelassen und ging weiter. In dem Augenblick rutschte Marco das Herz in die Hose. Der breitschultrige Typ war kein anderer als Beule, einer von Shaddows Bodyguards. Marco wollte den Laden sofort wieder verlassen. Er machte auf dem Absatz kehrt und versuchte ab-zu-hauen. Plötzlich stand Lutscher vor ihm.

»Wen haben wir denn hier – ein alter Bekannter! Hast du irgendwelche Stichwaffen dabei?«

Marco sah Lutscher erschrocken an und versuchte sich vorbei zu drängeln, aber der zweite Bodyguard verstellte ihm den Weg, was in dem schmalen Gang nicht schwer war.

»Verflixt - hätte ich bloß dran gedacht«, murmelte Marco mit zusammengebissenen Zähnen.

Lutscher tastete Marco gründlich ab. Danach gab er seinem Partner ein Handzeichen.

»Kannst ihn reinlassen. Er ist sauber!«

Marco wurde flau in der Magengegend. Er eilte an Beule vorbei und suchte Wenzel in dem Laden.

Beule warf Lutscher einen missmutigen Blick zu. »Woher kennst du den Penner?«

»Das ist Jana´s Stecher!«

Beule schaute Marco griesgrämig hinterher. Jetzt erinnerte er sich schlagartig an den Kampf mit ihm, indem er den Überraschungseffekt auf seiner Seite hatte und trotzdem unterlegen war.

»Das der sich hierhin traut. Mit dem hab ich noch´n Rechnung offen«, raunte Beule.

Er war drauf und dran Marco zu folgen. Lutscher hielt seinen Partner mit einer Hand an der Schulter fest und guckte Beule ernst an.

»Shaddow hat befohlen, wir sollen ihm kein Haar krümmen, wenn er hier mit dem Bullen aufkreuzt!«

Wenzel stand bereits an der Bar. Marco drängelte sich durch eine Menschenmenge in Partystimmung. Dumpfe Technomusik dröhnte aus großen Boxen. Der Laden war riesig und mit mehreren Podesten ausgestattet, die überall im Raum verteilt standen. Darauf vollführten hübsche junge Girls mit freiem Oberkörper an einer verchromten Stange laszive Verrenkungen zur Musik.

Wenzel setzte sich auf einen Barhocker am Tresen und bestellte bei einer barbusigen Bedienung was zu Trinken. Marco blieb neben ihm stehen und sah teilnahmslos in die Runde.

»Was denn los mit dir? Siehst aus, als hättest du´n Geist gesehen.«

»In dem Laden arbeiten ein paar Typen, denen ich lieber nicht begegnet wäre.«

Die Bedienung stellte zwei Longdrinks auf den Tresen und schob eines von den Gläsern Marco vor die Nase. Sie sah ihn auffordernd an, woraufhin er in den Jackentaschen nach seiner Brieftasche suchte.

»Stimmt so!«, sagte Wenzel und schob einen fünfzig Euroschein über den Tresen.

Die Bedienung wackelte aufreizend mit den Titten und nahm das Geld. Dann ging sie ans andere Ende vom Tresen, um dort eine Bestellung aufzunehmen. Marco prostete Wenzel dankbar zu und schaute ihr hinterher. Dabei entdeckte er am Ende vom Tresen seinen Freund Richie neben einer Blondine sitzend.

»Bin gleich wieder da!«, sagte Marco überraschend.

Wenzel probierte einen Schluck von seinem Cuba-Libre und beobachtete, wie Marco ans andere Ende vom Tresen eilte. Dort klopfte er einem Typ auf die Schulter. Wenzel fragte sich, was er von ihm wollte. Richie wendete sich irritiert auf dem Barhocker um.

»Marco – was machst du denn hier?«, fragte sein alter Schulfreund entgeistert.

»Bin auf der Suche nach Jana. Sie jobbt hier manchmal«, sagte Marco leicht verunsichert.

Das junge Girl, das neben Richie saß, drehte sich zu Marco und sah ihn überrascht an.

»Hallo – du bist Janas Freund?«

Marco klappte augenblicklich die Kinnlade runter.

»Ähm, kennst du sie etwa?«, fragte Marco erstaunt.

»Hab hier auch mal gejobbt.«

Marco holte Zigaretten aus seiner Jackentasche und bot der Blondine eine Fluppe an.

»Hast du sie zufällig heute schon gesehen?«

Die junge Blondine zog einen Glimmstängel aus der Packung. Marco gab ihr Feuer und zündete sich danach auch eine Zigarette an.

»Verrätst du mir jetzt deinen Namen?«

»*Lizzy* – und Jana tanzt da drüben auf'm Podest!«, antwortete sie schmunzelnd.

Marco warf neugierig einen Blick in den Laden und wurde blass im Gesicht. Erst jetzt erkannte er Jana, die schon eine ganze Weile auf einem Podest in einer hinteren Ecke vom Laden tanzte. Sie ließ mit Anmut ihre Hüfte kreisen, wobei die schönen Titten auf und ab bebten. Einige Männer sahen lüstern auf ihren nackten Oberkörper, der von mehreren Spots angestrahlt wurde.

»Komme gleich zurück!«, sagte Marco plötzlich und zwängte sich hektisch durch das Getümmel.

Einige Typen warfen ihm wütende Blicke hinterher, denen Marco auf die Füße trat, aber er verschwand zum Glück viel zu schnell, um dafür von ihnen zur Rechenschaft gezogen zu werden.

Marco war total übel zumute. Er suchte verzweifelt den Weg zu den Toiletten und torkelte ein finsteren Gang entlang. Er musste noch eine Treppe runter.

Dann stürzte er regelrecht in eine freie Kabine und hängte seinen Kopf über die Kloschüssel. Er musste sich übergeben.

Obwohl Marco noch flau im Magen war, raffte er sich nach einer Weile mühsam auf und betätigte die Spülung. Er verließ die Kabine und spülte sich am Waschbecken den Mund aus. Dabei warf er einen Blick in den Spiegel und fuhr sich mit einer Hand durch die Haare. Im Spiegel sah er eine halboffenstehende Klo-Tür. Drinnen stand Beule vornübergebeugt und zog sich auf dem Klodeckel Koks rein. Marco drehte schnell den Wasserhahn zu und verdrückte sich unauffällig.

Als Marco zurück an den Tresen kam, setzte er sich erschöpft neben Wenzel auf einen freigewordenen Barhocker. Er schaute in die Richtung vom Podest, wo vorhin Jana tanzte, doch sie war verschwunden.

Jetzt versetzte dort ein anderes Girl die Männer in erotische Stimmung. Einige von ihnen steckten ihr dabei ab und zu einige Euroscheine in den Tanga. Sie wackelte mit dem Arsch vor ihren Gesichtern herum und spreizte die Beine.

»Hab dein Longdrink ausgetrunken«, sagte Wenzel lallend und sah Marco schief von der Seite an.

»Und ich hab genug für heute!«, bemerkte Marco genervt.

Er wollte sich gerade von Wenzel verabschieden, als plötzlich Jana in einem knappen Top und einer quietsche-bunten Leggins in der Menge auftauchte. Sie kam direkt auf den Tresen zu. Marco wollte aufstehen und schnell gehen.

»Du hättest nicht herkommen sollen!«

Wenzel schlürfte den letzten Rest Cuba-Libre aus´m Longdrinkglas und drehte sich auf dem Hocker zu Marco um. Jana schaute erst den Polizist und dann Marco überrascht an.

»Marco – was soll das? Du kreuzt hier mit´m Bullen auf!«

»Keine Panik, bin nicht im Dienst«, sagte Wenzel amüsiert.

Die willkürliche Kursänderung des Schicksals, die sich in den vergangenen Tagen ereignet hatte, überforderten Marco auch so schon. Natürlich wollte er Jana hier zur Rede stellen, geriet aber nun durch die Anwesenheit eines Polizisten, der sie ohne triftigen Grund eingesperrt hatte, selbst in Erklärungsnot.

»Ist´n längere Geschichte. Ohne ihn wäre ich nicht hier, sondern im Knast!«

Jana sah Marco verwundert an. Sie war froh, dass Marco gekommen war, um sie zu suchen, denn es zeigte, dass ihm noch was an ihr lag.

Vielleicht gab es für sein Wegbleiben in der vorangegangen Nacht, in der Jana glaubte, er könnte sich von ihr trennen, noch eine andere Erklärung. Aber darüber wollte sie auf keinen Fall in der Gegenwart eines Bullen mit ihm sprechen.

»Ich hab Feierabend. Lass uns hier verschwinden!«

KAPITEL 16

Jana hatte sich noch schnell umgezogen, bevor sie mit Marco das Dollhaus verließ. Jetzt schlenderten sie ohne sich zu unterhalten auf der Reeperbahn an Döner und Pizza-Läden vorbei. McDonalds ließen sie ebenfalls links liegen. Genauso wenig waren sie an diversen Musikkneipen oder kleinen Spelunken interessiert. Beide drängelten sich vorsichtig durch einen Pulk Touristen auf dem Bürgersteig, die dort scheinbar orientierungslos herumstanden.

Am Wochenende waren jede Menge Menschen auf dem Kiez unterwegs. Auf der berühmt berüchtigten sündigen Meile gab es Clubs, Bars, ein Casino und jede Menge Spielhöllen. Man konnte ins Kino gehen oder sich in den angesagten Diskotheken austoben. Kulturbezogene Besucher konnten lange Abende in einem Musical-Theater verbringen.

Lutscher und Beule drängelten sich ebenfalls mit mäßigem Abstand durch den Trubel. Shaddow hatte seine Bodyguards beauftragt, Marco und Jana nicht aus den Augen zu lassen. Sie folgten ihnen durch eine Nebenstraße bis in das French-Quarter. Dort beobachteten sie aus einiger Entfernung Marco und Jana, wie die beiden in dem Gourmetrestaurant *New Orleans* verschwanden.

»Und jetzt?«, fragte Beule.

»Du wartest hier, falls die beiden wieder abhauen. Ich hole Shaddow mit dem Van ab«, sagte Lutscher.

»Okay - ich ruf an und sag ihm, dass du kommst!«

Das Restaurant war drinnen mit Mauersteinimitat dekoriert. Laternen mit flackernden Kerzenbirnen hingen an der Decke. In den Ecken an den Wänden waren kleine Lautsprecher montiert, aus denen die Gäste mit leiser Cajun-Musik berieselt wurden.

Marco saß Jana gegenüber an einem Tisch. Beide studierten noch die Speisekarte. Ein Kellner brachte ihnen eine bestellte Flasche Rotwein und stellte sie neben einer Schale mit frisch auf-gebackenen Mais-Brötchen auf den Tisch.

»Haben Sie sich entschieden, oder soll ich nochmal wiederkommen?«

»Ich hätte gern eine Portion frittierte Langusten mit Tomatensalat«, erwiderte Jana daraufhin mit einem Lächeln auf den Lippen. Der Kellner nickte und sah Marco auffordernd an.

»Für mich das Gleiche, aber kein Salat, sondern eine Portion Kroketten«, sagte Marco.

Darauf verschwand der Kellner wieder in Richtung Küche und Marco befüllte erst Janas und dann sein Glas mit Rotwein. Jana probierte einen Schluck und sah Marco verunsichert an.

»Also – jetzt weißt du, wo ich arbeite!«

Marco nahm sein Glas und trank erst einen Schluck Wein, bevor er antwortete.

»Nicht nur ich!«

»Wie meinst du das?«

Marco zündete sich eine Zigarette an und legte die Schachtel auf den Tisch.

»Hast du Richie nicht gesehen?«, fragte Marco und

sah Jana vorwurfsvoll dabei an. Sie nahm sich eine Zigarette aus der Schachtel. Vor lauter Nervosität bekam sie das Gasfeuerzeug nicht gleich an. Marco nahm es Jana aus der Hand und gab ihr Feuer.

»Danke – ist mir nicht entgangen, dass dein Freund da war, aber bestimmt nicht wegen mir!«, erwiderte Jana gleichgültig, denn sie ahnte, dass Lizzy ihn angebaggert hatte.

»Du stellst jedem deine Titten zur Schau! Erwartest du, dass ich das gut finde?«

In dem Augenblick kam der Kellner zurück an den Tisch und servierte ihnen das Menü. Er räumte sein Tablett schnell ab, denn das Restaurant begann sich auf einmal mit immer mehr Nachtschwärmern zu füllen.

Mit einer Gruppe von Touristen aus England kam auch Shaddow unauffällig durch die Eingangstür. Er verschwand bei dem Ansturm von Gästen, ohne Aufmerksamkeit beim Personal zu erregen, in dem Gang zu den Toiletten.

Marco hatte sich sofort über sein Essen hergemacht. Jana schien nicht besonderen Appetit zu haben und stocherte lustlos in ihrem Tomatensalat herum. Sie nahm sich ein Mais-Brötchen und aß nur ein paar Happen. Danach ergriff sie Marcos linke Hand und sah ihn flehend an.

»Es ist nur ein Job, Marco. Du bist eifersüchtig, aber ich mache nicht das, woran du denkst!«

Marco zog seine Hand einfach weg und sprang von seinem Platz. Er fühlte sich verarscht und würgte den letzten Bissen Langusten-Fleisch runter. Dann riss er sich die Serviette vom Gürtel seiner Jeans ab. Er schmiss sie demonstrativ auf den Tisch und stieß beinahe die Weinflasche um.

»Ich bin vielleicht eifersüchtig. Du kannst machen was du willst, aber du darfst mich nicht anlügen!«, entgegnete Marco und verließ seinen Platz.

Er zwängte sich aufgebracht zwischen den voll besetzten Tischen hindurch und verschwand kurz darauf in dem Gang, der zu den Toiletten führte.

Jana sah Marco verwirrt hinterher und einige Gäste warfen ihr verständnislose Blicke zu. Sie hätte sich am liebsten unsichtbar gemacht und war verlegen, weil Marco ausgerechnet hier so eine Szene machte.

* * * * *

Marco versuchte sich zu beruhigen und sah sich auf der Toilette kurz um. Es gab drei Kabinen und eine davon war besetzt. In der mittleren sah das Klosett total eklig aus. Er schloss die Tür von der letzten Kabine hinter sich ab. Dort sah es auch nicht viel besser aus. Plötzlich hörte er deutliches Geplätscher aus der anderen Kabine, als hätte jemand ein halbes Fass Bier getrunken. Marco wurde übel und trat aus dem Klo ans Waschbecken. Er spülte sich kurz die Hände, als sich das andere Klosett öffnete. Marco sah nur schemenhaft im verschmierten Spiegel, wie ein Mann herauskam und sich hinter ihm aufbaute.

»Jetzt werden wir zwei mal über alte Zeiten reden!«

Marco konnte kaum glauben, an wessen Stimme ihn der Typ erinnerte. Er drehte sich um und traute seinen Augen nicht. Er machte einen Ausfallschritt zur Seite und versuchte durch die Tür zu fliehen.

Shaddow versetzte ihm sofort einen Faustschlag in die Nierengegend. Marco ging kurz in die Knie und hielt sich mit den Händen am Waschbecken fest.

»Seit wann bist du wieder aus´m Knast … ?«, fragte Marco nach Luft ringend.

»Seit gestern, sonst hätte ich mich schon früher um dich gekümmert!«, erwiderte Shaddow mit seiner unverwechselbaren tief-rauen Stimme hinterhältig grinsend.

»Wenn du so weiter machst, bist du schnell wieder drinnen!«, bemerkte Marco lakonisch, was er aber sofort bereute.

Shaddow hatte für diesen Anflug von Humor, den Marco nur aufbrachte, weil er nicht mehr nüchtern war, weniger Verständnis. Er holte erneut aus. Die Faust landete diesmal in Marco´s Magengrube. Er kippte röchelnd nach vorn. Shaddow hielt Marco an der Schulter fest und blickte ihn bedrohlich an.

»Ich will, dass du in Kürze einen Auftrag für mich erledigst!«

Marco sah den Luden verständnislos an und wand sich ruckartig aus dem festen Handgriff.

»Keine Chance – du hast zu schlechte Manieren!«

Shaddow ließ ihn gewähren, wich aber kein Schritt zur Seite. Er grinste höhnisch und holte schnell aus!

Marco sah den linken Haken nicht kommen, sonst hätte er sich weggeduckt. Die Faust traf ihn an der rechten Schläfe. Dann erschienen ihm klitzekleine Sternchen und er sank kraftlos zu Boden.

»Wenn du nicht spurst, erzähle ich Jana, wie wild du´s an der Elbe mit Lizzy getrieben hast. Ihr Arsch gehört jetzt wieder mir!«, sagte Shaddow drohend und verließ daraufhin die Toiletten.

Seine letzten Worte dröhnten dumpf durch Marco´s Gehörgang. Die hübschen Sternchen verschwanden auf einmal. Danach wurde ihm schwarz vor Augen. Er sackte kraftlos in sich zusammen und verlor das Bewusstsein.

KAPITEL 17

Jana war der Appetit vergangen. Sie schüttete den Rest aus der Weinflasche ins Glas und steckte sich nervös eine weitere Zigarette an. Es war schon eine kleine Ewigkeit vergangen und sie fragte sich, wo Marco so lange blieb. Sie warf einen Blick auf den Durchgang zu den Toiletten. Plötzlich tauchte dort Shaddow auf. Er blickte sich kurz um, als ob er auf jemand wartete. Jana bekam ein ungutes Gefühl in der Magengegend und beschloss, sich ganz schnell zu verdrücken, aber in dem Moment kam Shaddow an ihren Tisch geeilt.

»Na mein Täubchen, hast´e mich vermisst?«, fragte Shaddow amüsiert und setzte sich auf Marcos Platz. Jana starrte ihn vollkommen perplex an. Sie wusste nicht, was sie sagen sollte und sank auf ihren Stuhl.

»Komm schon Baby, ich hab im Knast nur an dich gedacht.«

Jana wurde augenblicklich übel und erhob sich von ihrem Platz. Shaddow reagierte sofort und drückte sie mit einer Hand an der Schulter energisch runter.

»Na-na, wer wird denn gleich in Panik geraten.«

»Wo ist Marco? Was hast Du mit ihm gemacht?«, fragte Jana ängstlich.

»Hab nur ein ernstes Wörtchen mit ihm geredet.«

Jana war sofort klar, was das bedeutete und sprang erneut vom Platz auf. In dem Moment marschierten Lutscher und Beule durch die Eingangstür herein.

Sie kamen mit schnellen Schritten an ihren Tisch. »Wurde auch Zeit. Warum hat´s solang gedauert?«, fragte Shaddow und sah seine Bodyguards zugleich strafend an.

»Wir haben gewartet bis direkt vorm Restaurant ein Parkplatz frei wurde«, erwiderte Lutscher kleinlaut. Der Kellner kam an den Tisch und sah verwundert in die Runde.

»Soll ich noch´n paar Stühle holen?«

Jana wollte die Gegenwart des Kellners nutzen, um sich zu verdünnisieren und dachte sie ist gerettet.

»Ich möchte bitte zahlen und ein Taxi … .«

»Aber nicht doch, dass übernehme ich schon«, sagte Shaddow und holte schnell ein Bündel Geldscheine aus der Hosentasche.

»Moment, ich mach die Rechnung fertig«, sagte der Kellner und wollte wieder losgehen, aber Lutscher und Beule verstellten ihm den Weg.

»Wir haben´s eilig«, entgegnete Beule mit ernster Miene. Shaddow drückte dem Kellner ein Hundert-Euroschein in die Hand.

»Der Rest ist Tipp und jetzt mach´n Fliege!«

Dem Kellner wurde klar, dass er es mit Typen vom Kiez zu tun hatte, die keinen Spaß verstanden. Er fühlte sich in ihrer Gegenwart deutlich unwohl und nickte kurz unterwürfig.

»Danke, und noch´n schönen Abend.«

Der Kellner machte einen schnellen Abgang. Darauf erhob sich Shaddow und sah Jana auffordernd an.

»Komm Baby, wir machen jetzt´n kleinen Ausflug!«
Lutscher ergriff Janas linken Oberarm und zog sie
vom Sitzplatz. Jana sträubte sich und versuchte sich
loszureißen. Beule führte blitzschnell seine Hand an
die rechte Hüfte und legte sie auf den verchromten
Pistolenknauf.

»Bau jetzt kein Scheiß, oder ich besuche dein blöden
Stecher auf´m Klo!«

Shaddow ging schnell zur Eingangstür und hielt sie
auf, während Jana von seinen Bodyguards flankiert
regelrecht abgeführt wurde.

Sie stiefelten mit ihr zu einem schwarzen Chrysler
Grand Voyager, der gegenüber vor dem Restaurant
auf der anderen Straßenseite stand. Sie führten Jana
um den Van herum. Shaddow machte die Seitentür
auf. Seine Bodyguards stießen Jana in den hinteren
Teil vom amerikanischen Van, der innen zumindest
einigen Komfort zu bieten schien. Er war fast so
groß wie ein Campingbus und ähnlich ausgestattet.
Lutscher und Beule stiegen nach vorne durch und
Shaddow schob die Seitentür hinter sich zu. Er zog
die Schublade eines Einbauschränkchens auf und
holte ein Seil und ein verwaschenes Halstuch raus.

* * * * *

Ein Mann beugte sich über Marco und gab ihm eine
Backpfeife. Marco kam langsam zu Bewusstsein
und schüttelte sich kurz. Er schlug benommen die
Augen auf und kniff sie zusammen. Die Neonröhre

an der Decke blendete ihn und das grelle Licht jagte ihm einen stechenden Schmerz durch den Schädel. »Wo bin ich?«, fragte Marco verwirrt und versuchte sich unbeholfen aufzurichten.

»Soll ich einen Krankenwagen rufen?«

»Geht schon«, erwiderte Marco zögernd. Dann erst erkannte er den Kellner wieder, der ihn und Jana bedient hatte. Der griff Marco unter die Arme und half ihm auf die Beine zu kommen.

Marco stützte sich am Waschbecken ab und sah in den Spiegel. Er hatte dunkle Augenringe und einen roten Fleck an der Schläfe, wo ihn Shaddows Faust getroffen hatte. Er drehte den Wasserhahn auf und schaufelte sich mit den Händen kaltes Wasser ins Gesicht, während der Kellner wieder die Toiletten verließ. Marco wischte sich im Gesicht mit einem Papierhandtuch trocken und ging auf wackeligen Beinen durch den schmalen Korridor zurück ins Restaurant. Der Tisch, an dem er mit Jana gesessen hatte, wurde gerade von dem Kellner abgeräumt. Marco eilte quer durch das Restaurant auf ihn zu.

»Wo ist die Frau, die hier mit mir am Tisch gesessen hat?«

Der Kellner drehte sich langsam um und sah Marco verunsichert an. Er wusste nicht, was er sagen sollte oder durfte. Nachdem er Marco bewusstlos im Klo aufgefunden hatte, war ihm klar, dass er kein Tipp, sondern Schweigegeld bekommen hatte.

»Keine Ahnung«, sagte er schulterzuckend.

Marco sah ihm forschend in die Augen, aber der Kellner wendete sich von ihm ab und wollte gehen. »Hey – einer von den Typen hat mich niedergeschlagen. Jetzt reden Sie schon!«, schrie Marco den Kellner an, wodurch er genug Aufmerksamkeit von mehreren Gästen bekam. Der Kellner nahm das Tablett und gab ihm mit einem kurzen Kopfnicken zu verstehen, er solle ihm folgen.

Marco lief dem Kellner in die Küche hinterher, wo dieser schließlich etwas gesprächiger wurde.

»Hören Sie – ich hab den Streit von Ihnen beiden mitbekommen. Als Sie danach verschwunden sind, waren da plötzlich drei Typen, und einer von denen hat die Rechnung übernommen. Danach haben sie mit ihr das Restaurant verlassen!«, verriet ihm der Kellner und machte eine betroffene Miene.

Marco sah ihn entgeistert an und rannte durch die Küche zum Hinterausgang. Er riss die Tür auf und schnappte wie ein Fisch auf dem Trockenen nach Luft. Alles um ihn herum begann sich zu drehen. Er konnte kaum ein klaren Gedanken fassen. Plötzlich tauchte Wenzel in seinem Unterbewusstsein auf.

Er hoffte inständig, dass der Polizist immer noch in dem Club abhing und der bereit war, mit dem Auto die Verfolgung aufzunehmen.

KAPITEL 18

Shaddow rauchte Havanna und sah aus einem der abgedunkelten Seitenfenster. Er machte es sich auf einem gepolsterten Drehsessel neben dem schmalen Durchgang zum Fond bequem und beobachtete wie die Pfeiler der Elbbrücken am Seitenfenster vorbei huschten.

Jana lag gefesselt und mit verbundenen Augen auf der Rückbank. Der dicke Qualm der Zigarre stieg in ihre Nase und raubte ihr fast den Atem. Sie musste husten und rieb mit dem Gesicht über das Polster der Rückbank, um irgendwie den Knebel in ihrem Mund loszuwerden.

»Was hast du jetzt mit mir vor?«, fragte Jana nachdem sie den Knebel endlich ausgespuckt hatte.

»Bleib ruhig – wir sind gleich da!«, sagte Shaddow und warf einen Blick nach vorne.

Lutscher saß am Lenkrad und fuhr gerade auf die Autobahn, als er von einem Platzregen überrascht wurde, der ihm fast die Sicht raubte. Dicke Tropfen peitschten gegen die Windschutzscheibe, obwohl die Scheibenwischer auf Hochtouren liefen. Beule versuchte auf dem Beifahrersitz krampfhaft durch den Sprühnebel die Autobahnschilder zu entziffern. Er kniff die Augen zusammen und befürchtete, dass Lutscher wieder die Ausfahrt verpassen könnte.

»Du musst gleich abbiegen!«, sagte Beule mürrisch. Es war die letzte Chance, bevor man auf der Strecke einen riesigen Umweg über die A1 machen musste.

»Ich kenne den Weg!«, erwiderte Lutscher genervt und lenkte den Van auf die Ausfahrt von Harburg. Danach hielt er vor einer roten Ampel und schaute sich an der Kreuzung um.

»Du hast dich falsch eingeordnet. Wir müssen hier links abbiegen«, raunte Beule.

»Ja doch – hab ich auch gerade gemerkt«, erwiderte Lutscher und blinkte, kurz bevor er weiterfuhr.

Nach einer Weile kamen sie in ein Industriegebiet. Es hatte aufgehört zu regnen, aber es war trotzdem nicht einfach, sich auf den spärlich beleuchteten Straßen zurechtzufinden. Nach einer Weile hielt er mit dem Van vor der Einfahrt eines Schrottplatzes. Beule stieg aus und ging auf ein großes Eisentor zu. Er musste das Schloss einer verrosteten Kette lösen, um das massive Tor aufziehen zu können. Danach stieg er wieder in den Van.

Lutscher trat das Gaspedal durch und raste über das Gelände an mehreren Autowracks vorbei. Kurz darauf parkte er mit dem GMC zwischen Shaddows schwarzen Lincoln Continental und einem großen Abschleppwagen vor einem heruntergekommenen Gebäude, das zur Hälfte über eine Werkstatt ragte.

* * * * *

Marco wollte wieder zurück ins *Dollhaus*, obwohl ihm der Name entfallen war und geschweige dafür der kürzeste Weg einfiel. In diesem Zustand lief er über die Reeperbahn. Das grelle Licht von diversen

Reklametafeln flackerte vor seinen Augen. Der eine oder andere Passant sah ihm wütend hinterher.

»Hey – paß gefälligst auf, wo du hin trittst!«, hörte Marco jemand sagen. Er wusste aber nicht, dass der Typ ihn meinte. Plötzlich schoss ihm ein stechender Schmerz durch den Kopf.

»Marco – was ist denn mit dir los? Geht´s dir nicht gut?«

Marco taumelte benommen weiter und sah ziemlich verschwommen Richie zusammen mit Lizzy neben sich gehen.

»Jana – sie haben Jana entführt!«, brabbelte Marco undeutlich.

Richie hörte nicht zu und sah seinen Freund besorgt an. Er hakte Marco kurz entschlossen unter. Dann schleppte er ihn mit Lizzy über die Straße auf einen Parkplatz. Richie öffnete die Hintertür von seinem Golf und bugsierte Marco auf die Rückbank.

Als er sich hinters Steuer setzte und Lizzy auf dem Beifahrersitz platz genommen hatte, kippte Marco auf der Rückbank zur Seite in die Polster und sagte kein Ton mehr.

Richie sah im Rückspiegel, dass Marco weggetreten war und startete den Motor. Er fuhr vom Parkplatz und raste mit deutlich überhöhter Geschwindigkeit auf der Reeperbahn entlang. Er überlegte kurz, ob er Marco ins Krankenhaus bringen sollte, entschied sich jedoch, ihn schnellstens nach Hause zu fahren.

* * * * *

Marco kam schließlich auf der Rückbank wieder zu sich. Er stellte verblüfft fest, dass er sich in einem Auto befand und richtete sich behutsam auf.

Erleichtert nahm er das verschwommene Gesicht seines Freundes im Rückspiegel war. Richie bog gerade mit dem Wagen in eine Auffahrt ab. Er hielt vor einem Carport und machte den Motor aus.

»Was ist los – wo sind wir?«, fragte Marco irritiert. Richie drehte sich überrascht um und sah seinen Freund schmunzelnd an.

»Alter – was hast du getrunken? Wir sind bei dir zuhause!«

Marco warf einen Blick durchs Seitenfenster und konnte endlich wieder klar sehen. Natürlich war es sein Haus, vor dem sie standen. Er stieg sofort aus und ging auf die Haustür zu.

Richie wollte ihn trotzdem nicht in diesem Zustand sich selbst überlassen und folgte ihm mit Lizzy. Marco suchte seinen Haustürschlüssel. Nach einer Weile fand er ihn auch, hatte aber Probleme ihn ins Schloss zu stecken. Richie nahm ihm den Schlüssel ab und machte die Tür auf.

Marco ließ sich im Wohnzimmer erschöpft auf die Polster der Ledercouch fallen. Lizzy sah sich in der Küche um und setzte Kaffee auf. Richie machte es sich in einem von den beiden Ledersesseln bequem, die seitlich neben dem Wohnzimmertisch standen.

»Du siehst ganz schön lädiert aus. Kannst du mir mal verraten, was passiert ist?«

Marco sah seinen Freund hilflos an. Sein Schädel fühlte sich irgendwie dumpf an. Es fiel ihm schwer einen klaren Gedanken zu fassen.

»Shaddow hat Jana entführt!«

Richie zog überrascht die Augenbrauen hoch. Er konnte kaum glauben was er hörte und sah Marco ziemlich verwirrt an.

»Bist du sicher? Ich dachte, der sitzt im Knast.«

Marco zuckte unsicher mit den Schultern.

»Das dachte ich auch – bis heute! Er hat mir auf´m Klo in´m Restaurant aufgelauert und … .«

Lizzy kam mit drei Bechern und einer Kanne Kaffee ins Wohnzimmer. Sie schüttete die Becher voll und reichte den beiden Jungs jeweils einen.

»Danke, dass ist jetzt genau das, was ich brauche.«

Richie schaute etwas eifersüchtig dabei zu, wie sich Lizzy neben Marco auf die Couch setzte.

»Geht´s dir wieder besser?«, fragte sie mitfühlend. Marco nickte und trank ein Schluck Kaffee. Er holte seine Zigaretten aus der Hosentasche und zündete sich eine an. Er hielt Lizzy die Schachtel hin und sie nahm sich auch eine. Marco gab ihr Feuer.

Richie guckte auf seine Armbanduhr. Es war bereits Halb-drei durch.

»Und – was willst du jetzt machen?«

Marco stellte den Becher ab und blies nachdenklich den Rauch seiner Zigarette in die Luft.

»Keine Ahnung.«

Richie erinnerte sich wieder an die erste Begegnung

mit dem berüchtigten Zuhälter Shaddow und den Bodyguards. Als Marco damals mit Jana geflüchtete war, stand der einen Tag später vor seiner Haustür und faltete ihn zusammen. Kurz darauf fand er sich in der Notaufnahme vom Altonaer Krankenhaus mit gebrochenen Rippen und üblen Prellungen am Oberkörper wieder.

»Du solltest die Bullen rufen. Der Typ ist´n Killer!«, sagte Richie mit ernster Miene.

Marco überlegte kurz und schüttelte mit dem Kopf. »Er ist unberechenbar. Ich muss selbst verhindern, dass Jana was passiert.«

* * * * *

Jana folgte Beule blindlings durch einen Korridor. In ihrem Nacken konnte sie Lutschers Atem spüren, der dicht hinter ihr sein musste. Sie hörte, wie Beule eine Tür aufschloss und blieb instinktiv stehen.

Plötzlich fummelte Lutscher an dem Seil herum, womit Shaddow ihr die Hände hinter dem Rücken gefesselt hatte. Endlich waren sie wieder frei. Jana streifte das Halstuch von den verbundenen Augen ab und blieb im Türrahmen stehen. Lutscher gab ihr einen kleinen Schub. Jana stolperte in das Zimmer und machte ein paar unbeholfene Schritte. Sie sah sich entsetzt um. Die Wände waren kahl und an einigen Stellen bröckelte der Putz von der Decke. In der Mitte baumelte eine nackte Glühbirne am Kabel

und in einer Ecke lag eine Matratze auf dem Boden.
»Da ist´n Knast-Zelle komfortabler«, bemerkte Jana
lakonisch.

»Halts Maul – wenn du Stress machst, werfen wir
dich ins Kellerloch!«, sagte Lutscher und gab Jana
wieder einen Schubs. Sie stolperte gegen die Wand.
»Bleib da stehen und halt still!«

Jana drehte sich um und sah hinter sich am rauen
Putz dunkelrote Flecken. Wahrscheinlich war das
Blut von jemandem an der Wand, den die beiden
Bodyguards hier drinnen verprügelt hatten.

Jana bekam Angst und ihr wurde übel. Als sie sich
schließlich wieder umwand, stand Beule mit einer
alten Polaroidkamera in der Mitte des Raums.

»Bitte Lächeln!«

Jana verzog das Gesicht zu einem schiefen Grinsen.
Obwohl ihr nicht nach Lachen zu mute war, war sie
dennoch erleichtert, dass man ihr offenbar nichts
antun wollte. Beule drückte auf den Auslöser. Das
Blitzlicht flammte auf und gleich drauf surrte der
Bildauswurf.

Jana war so sehr geblendet, dass sie für ein Moment
kaum noch klar sehen konnte. Plötzlich fiel die Tür
krachend zu. Jana hörte nur noch, wie draußen abgeschlossen wurde. Danach wurde es Totenstill!

KAPITEL 19

Shaddow konnte im Knast neue Kontakte knüpfen. Er musste möglichst schnell viel Kohle verdienen. Die Typen aus der Hamburger Unterwelt mit denen er jetzt Geschäfte machte, verstanden keinen Spaß.

Seine beiden Bodyguards mussten sich in der Nacht nochmal auf den Weg nach Hamburg machen. Sie hatten in kürze einen Auftrag für ihn zu erledigen. Um die Sache reibungslos durchziehen zu können, blieb Shaddow nicht viel Zeit.

Beule hatte sich bei der Tour für eine andere Route entschieden. Er lenkte den Lincoln Continental auf der A7 vorsichtig an unzähligen Baustellen-Pylonen vorbei, die den Fahrstreifen verengten. Danach trat er das Gaspedal durch und raste schließlich durch den Elbtunnel. Lutscher saß auf der Beifahrerseite des Straßenkreuzers.

»Nimm die erste Ausfahrt, dass ist am kürzesten!« Als sie aus dem Elbtunnel kamen, fuhr Beule in Bahrenfeld ab und weiter in Richtung Altona. Dort bog er schließlich in eine Seitenstraße ab, die einige Altbauten säumte.

»Du kannst anhalten!«, befahl Lutscher und öffnete die Beifahrertür, noch bevor der Wagen richtig still stand.

»Mach hin – um die Zeit finde ich mit der Schleuder keinen Parkplatz!«, sagte Beule mürrisch.

Lutscher stieg vor einem Mietshaus aus dem Auto.

Er beugte sich nochmal kurz herunter in den Fond, bevor er die Beifahrertür zuschlug.

»Wird nicht lang dauern.«

Kurz darauf stand Lutscher vor einer Wohnung in der dritten Etage und klingelte. Da niemand öffnete holte er eine Scheckkarte aus seiner Brieftasche und schob sie zwischen das Türschloss der Eingangstür. Es klackte leise, bevor die Tür aufsprang.

Lutscher ging durch den Flur und warf einen Blick in das Wohnzimmer. Dort lagen auf dem Fußboden einige Klamotten herum. Auf einer Kommode lag ein Handy. Er checkte kurz die SMS: *„Komme gleich vorbei. Sieh zu, dass du zuhause bist – Lutscher!"*

Lutscher erkannte, dass die Nachricht noch nicht gelesen worden war. Er schmiss das Handy auf die Kommode und schlich sich wieder durch den Flur. Die Schlafzimmertür war angelehnt. Er hörte die vertrauten Geräusche einer Frau mit einem Mann beim Liebesspiel. Lutscher stieß die Tür abrupt auf. Lizzy saß mit gespreizten Schenkeln auf einem Typ. Sie stöhnte aufgegeilt und ritt wie beim Rodeo auf ihm herum. Plötzlich hielt sie in der Bewegung inne und drehte sich um.

»Lutscher – was machst du hier – wie bist du … ?«, fragte Lizzy verunsichert.

Richie schaute überrascht zur Schlafzimmertür. Als er Lutscher im Türrahmen erblickte, schob er Lizzy von seiner Hüfte weg und hielt schnell beide Hände zwischen die Beine.

»Ähm - ist nicht das, wonach´s aussieht. Wir haben uns erst heute Abend kennengelernt«, sagte Richie und sah Lutscher erschrocken an.

»Halts Maul! Dich kenne ich doch irgendwoher.«

Lizzy zog sich die Bettdecke über ihre Möpse und stand langsam auf. Sie versuchte schnell ins Bad zu entkommen. Die Enden der Decke schleiften auf´m Boden. Lutscher trat auf einen Zipfel. Lizzy rutschte die Decke ungewollt aus den Händen und stand splitterfasernackt vor Lutscher. Sie schlang verlegen einen Arm um die Brüste und legte eine Hand auf ihre glatt rasierte Muschi.

»Keine Angst, ich bin nicht zum Ficken hier. Ich will, dass du was anderes für mich machst«, sagte Lutscher amüsiert.

Lizzy entdeckte ihren Schlüpfer auf dem Boden vor dem Bett. Sie nahm ihn schnell auf und streifte sich den Tanga über. Lutscher griff ihr Handgelenk und zog sie rabiat durch den Flur in die Küche.

»Ich hoffe, der Blödian zahlt dich gut für eine ganze Nacht!«

Lizzy ging zum Küchenboard und öffnete die obere Schublade. Sie zog unterm Besteckkasten ein paar hundert Euroscheine raus. Lutscher schnappte sich sofort das Geld und holte ein Polaroid-Bild aus der Innentasche seiner Lederjacke.

»Jetzt hör gut zu! Dieses Bild bringst du dem Typ, dem du an der Elbe einen geblasen hast.«

Lizzy schaute irritiert das Bild an und erschrak. Sie

erkannte Jana aus´m *Dollhaus* wieder. Sie stand wie ein begossener Pudel vor einer schäbig verputzten Wand mit dunkelroten Blutspritzern.

Lizzy nickte nur stumm und legte das Bild auf den Küchentisch. Sie wollte gerade an Lutscher vorbei nach draußen gehen, als der plötzlich seine Hose aufmachte und ihr den Weg verstellte.

»Wenn ich schon mal hier bin, kannst´e mir auch schnell ein Blasen, bevor ich wieder abhaue!«

* * * * *

Richie schlich sich nur mit einer Unterhose am Leib und auf Strümpfen leise in den Flur. Er wunderte sich, keine Stimmen aus der Küche zu hören und hoffte, dass Lizzy nicht in ernsten Schwierigkeiten steckte. Die Küchentür war geschlossen, aber er sah Licht unter der Ritze. Er beugte sich herunter und warf einen Blick durch´s Schlüsselloch. Er sah nur einen kleinen Ausschnitt von der Küche, aber das reichte um zu sehen, was vor sich ging. Lissy kniete auf dem Boden und hatte einen Penis im Mund.

Richie erhob sich schnell und lief ins Wohnzimmer, wo seine Klamotten noch auf dem Fußboden lagen. Nachdem sie sich von Marco verabschiedet hatten, beschloss er Lizzy nach Hause zu fahren. Sie lud ihn auf ein Glas Sekt ein mit hochzukommen und verführte ihn im Wohnzimmer. Er protestierte halbherzig, weil sie für Sex von ihm Geld haben wollte.

Richie nahm schnell seine Jacke von der Garderobe und öffnete die Haustür. Während er sich die Jacke überstreifte, kam jemand im Treppenhaus herauf.

Er überlegte nicht lange und schlich sich eine Etage höher. Richie ahnte nichts Gutes und riskierte einen kurzen Blick nach unten. Beule stand vor der jetzt offenen Tür und kratzte sich kurz am Hinterkopf. Dann zog er plötzlich seine Waffe und verschwand in der Wohnung.

Richie wartete noch einen Moment. Dann rannte er die Treppenstufen ins Erdgeschoss runter. Er floh aus dem Hauseingang und lief zu seinem Auto, das er in der Einfahrt zum Hinterhof abgestellt hatte. Es war zum Glück nicht abgeschleppt worden. Er stieg erleichtert in seinen Golf, setzte auf die Seitenstraße zurück und brauste mit Vollgas schnell davon!

* * * * *

Beule warf einen Blick ins Wohnzimmer und suchte anschließend im Schlafzimmer. Er fragte sich, wo sein Partner steckt, und ging zurück in den Flur.

Erst jetzt fiel ihm eine weitere Tür auf, von der er angenommen hatte, dass es sich um die Toilette handeln würde. Er legte sein Ohr an die Tür und hörte jemanden stöhnen. Beule wusste nicht, ob es Lutscher erwischt hatte, oder wer sich hinter der Tür verbarg. Er legte die linke Hand langsam auf den Türknauf und hielt mit der rechten seine Waffe im Anschlag. Danach holte er tief Luft und stieß die

Küchentür auf. Lizzy zog erschrocken Lutscher´s Pimmel aus dem Mund.

»Nicht aufhören, Baby – ich komme gleich!«, schrie Lutscher erregt und machte die Augen auf.

Beule senkte erleichtert die Waffe und grinste sein Partner belustigt an.

»War klar, dass du bei Lizzy deinen Schwanz nicht in der Hose behalten kannst.«

Lutscher drehte sich weg und machte schnell seine Hose zu.

»Verdammt! Was machst´n du hier oben?«, fragte Lutscher genervt und drehte sich wieder um.

Beule steckte seine Waffe zurück in den Hosenbund und sah ihn amüsiert an.

»Ich dachte an das Gleiche, wie du.«

KAPITEL 20

Jana konnte fast die ganze Nacht nicht schlafen. Die alte Matratze und der morbide Raum riefen bei ihr üble Erinnerungen aus der Kindheit wach.

Der Kosovokrieg zwang damals ihre Eltern ständig auf der Hut vor Freischärlern und marodierenden Truppen zu sein. Auf der Flucht hatten sie ein paar Nächte lang in einem Gebäude der Stadtverwaltung verbringen müssen. Sie versteckten sich im Keller, der verdammt viel Ähnlichkeit mit diesem Raum hatte, inklusive einer verrotteten Matratze auf dem Fußboden. Sie waren nicht alleine und teilten sich den Unterschlupf mit anderen Flüchtlingen, als eine Bombe einschlug. Im Keller erlosch das Licht und Jana glaubte in jener Nacht sterben zu müssen.

Sie schlief unruhig und wälzte sich von einer Seite zur anderen, bis es schließlich dämmerte. Sie raffte sich auf um eine Zigarette zu rauchen und schaute währenddessen aus dem vergitterten Fenster.

Dabei fiel ihr Blick auf den Rahmen. Er war mit vier verrosteten Schrauben in der Wand verankert. Alle Schrauben standen etwas ab. Drum herum sah die Wand feucht aus.

Jana drehte sich um und suchte den Boden ab. Sie hob die Matratze an. Der Dreck und Staub ekelte sie an. Als sie schon aufgeben wollte, entdeckte sie in einer Ecke ein kleines Metallstück. Es hatte scharfe Kanten. Sie begann den porösen Mörtel an jeder der einzelnen Schrauben an der Verankerung herum ab zu schaben, obwohl das scharfe Metallstück in ihre Hand schnitt. Sie schmiss es weg und rüttelte mit beiden Händen verzweifelt am Gitterrost. Langsam löste sich der Rahmen. Mit einem kräftigen Ruck riss Jana das Gitter herunter. Es fiel ihr vor Schreck aus den Händen und krachte zu Boden. Sie hielt die Luft an und horchte gespannt. Dann blickte sie über den Sims. Dort war ein Mauervorsprung unterhalb des Fensters.

Jana konnte ihr Glück kaum fassen. Sie überlegte kurz und fasste allen Mut zusammen. Sie hielt sich mit beiden Händen am Rahmen fest und stieg auf den Fenstersims. Danach drehte sie sich vorsichtig um und ging in die Hocke. Jana klammerte sich an den Rahmen und suchte mit dem rechten Fuß ein sicheren Tritt auf dem Mauervorsprung. Schließlich stieg sie mit dem anderen Bein vom Sims runter.

„Geschafft! Bloß nicht nach unten sehen", dachte Jana panisch.

„Aber wie soll´s jetzt weitergehen", überlegte Jana angestrengt nachdem ihr klar wurde, dass sie sich darüber keine Gedanken gemacht hatte.

Sie entdeckte an der Mauer ein Regenrohr zu ihrer Linken und setzte sich vorsichtig in Bewegung. Sie hatte zum Glück Freizeitschuhe mit Gummisohlen an den Füßen. Jana streckte ihre linke Hand aus, konnte das Regenrohr aber nicht zu fassen kriegen. Es war mindestens zwei Meter entfernt. Sie ließ mit der rechten Hand den Fenstersims los und machte mit ausgebreiteten Armen einen Schritt nach links. Sie presste sich mit der Brust gegen die Hauswand und rutschte dabei beinahe mit einem Fuß vom Mauervorsprung. Sie machte langsam ganz kleine Schritte und klammerte sich schließlich erleichtert an das Regenrohr.

Jana verschnaufte eine Weile. Danach hangelte sie sich am Regenrohr auf den Boden hinab und lief zu dem ein paar Meter entfernten Abschleppwagen.

Sie versuchte die Fahrertür aufzumachen, aber die war verschlossen. Sie ging um den Wagen herum und drückte die Klinke der Beifahrertür runter. Die ließ sich überraschender Weise mühelos öffnen. Sie kletterte in die Fahrerkabine und konnte ihr Glück kaum fassen. Der Schlüssel steckte im Zündschloss. Sie drehte ihn herum und der Motor sprang sofort an.

Jana legte den ersten Gang ein und zockelte mit dem Abschleppwagen über den Schrottplatz auf die Einfahrt zu. Das Tor stand offen. Sie trat schnell das Gaspedal durch. Der Motor überdrehte und heulte laut auf!

Wie aus dem Nichts raste auf einmal der schwarze Lincoln Continental mit Lutscher und Beule auf die Toreinfahrt zu. Jana machte eine Vollbremsung. Die Vorderreifen gruben sich in den Schotter, während sie ganz knapp vor dem Lincoln zum stehen kam. Die Bodyguards sprangen zugleich aus dem Auto !!

Lutscher zog sofort seine Waffe und rannte auf den Abschleppwagen zu. Beule versuchte die Fahrertür zu öffnen und rutschte von der Klinke ab. Lutscher lief um die Fahrerkabine herum und riss wütend die Beifahrertür auf.

»Sofort raus da!«, befahl Lutscher und zielte mit der Waffe auf Janas Kopf.

Jana schlotterten plötzlich die Knie. Sie rutschte nur langsam über den Sitz auf die Beifahrerseite.

»Wird´s bald, oder muss ich dich holen kommen?« Jana kletterte zögernd aus der Fahrerkabine. Beule kam angelaufen, verdrehte ihren Arm auf´n Rücken und nahm sie von hinten in den Schwitzkasten.

»Au-ha, verdammt! Lass mich los … «, schrie Jana mit schmerzverzerrter Miene.

Lutscher setzte den Lauf seiner Waffe auf ihre Stirn und blickte sie wütend an.

»Das hättest du nicht tun sollen«, sagte er mit sehr bedrohlichem Ton in der Stimme.

Jana liefen Schweißperlen über die Stirn und blickte Lutscher ängstlich an.

»Ich habe nur in dem stickigen Zimmer Platzangst gekriegt«, entgegnete Jana um sich zu rechtfertigen. Beule lockerte den Griff. Jana versuchte sich sofort loszureißen. Lutscher zögerte kein Augenblick und zog Jana kurzerhand mit dem Pistolenknauf eins über. Sie brach ohnmächtig zusammen und verlor das Bewusstsein.

KAPITEL 21

Shaddow flehzte sich auf einem abgewetzten Sessel herum und rauchte Zigarre, während im Fernsehen irgendein Sportkanal lief. Sein Pitbull zerrte wild an einer langen Kette und hechelte Jana ins Gesicht. Sie lag bewusstlos auf einem maroden Sofa. Ein paar Meter dahinter befand sich eine Küchenzeile, die auch schon mal bessere Zeiten gesehen hatte.

Lutscher versuchte dort eine Dose Hundefutter mit seinem Springmesser zu öffnen. Der Raum war von dicken Rauchschwaden erfüllt. Der Hund bellte!

»Wie lang dauert das noch mit dem Hundefutter?«, fragte Shaddow genervt.

Lutscher kämpfte immer noch verzweifelt mit der Dose. Er hielt das Springmesser mit einer Hand fest und setzte die Spitze an den Rand. Dann haute er mit der flachen Hand auf das Griffende. Die Dose kippte und kollerte über den Tresen in die Spüle.

»Krieg die verdammte Dose nicht auf!«, erwiderte Lutscher und gab auf.

Shaddow sprang aus dem Sessel hoch und ging zur Küchenzeile. Er holte die Dose aus der Spüle und stellte sie auf den Boden. Dann zog er seine Waffe aus dem Hosenbund und drückte ab.

Das Blech platzte auseinander und die Hälfte des Hundefutters hing wie die Eingeweide eines toten Tieres aus der Dose.

»So macht man das – kratz den Scheiß vom Boden und füttere endlich den blöden Köter!«

Shaddow setzte sich wieder in den alten Sessel und paffte zufrieden seine Havanna. Jana schlug leicht benommen die Augen auf.

Die Hundeschnauze war ein paar Zentimeter von ihrem Gesicht entfernt. Sie schreckte hoch und sah sich verwirrt um. Zuerst erblickte sie den Pitbull und dann den Fernseher. Die Wand dahinter war von oben bis unten mit Spiegelkacheln dekoriert.

Ein paar Kacheln lagen zerbrochen auf dem Boden. Dann entdeckte sie Shaddow. Vor dem Sofa gegenüber vom Sessel stand ein großer runder Glastisch und drum herum ein paar Klappstühle.

Das Mobiliar machte auf Jana den Eindruck, als ob es vom Sperrmüll stammt.

»Kannst du bitte mal den Hund weg rufen!«, sagte Jana und rückte auf dem Sofa ängstlich zur Seite.

Shaddow sah Jana amüsiert an und schnippte mit dem Finger. Der Pitbull lief zu einer abgewetzten Decke neben der Eingangstür und setzte sich auf die Hinterbeine, wobei ihm an den Lefzen ekeliger Speichel runter lief. Lutscher kam mit einer Schale Hundefutter und stellte sie auf dem Boden ab. Der Hund begann sofort gierig zu fressen.

»Wie heißt die Tülle?«

Lutscher beachtete sie nicht. Er setzte sich auf einen der Klappstühle und schaute auf den Fernseher, wo gerade ein Kickboxkampf gezeigt wurde. Shaddow blickte kurz zu Jana rüber.

»Cane – ist italienisch und heißt Hund.«

»Bist du da allein drauf gekommen?«, fragte Jana.

Shaddow nahm seine Pistole aus dem Hosenbund. Er legte sie mit dem Lauf direkt auf Jana gerichtet, demonstrative langsam auf den Tisch. Er kniff die Augenlider zusammen und blickte Jana todernst an. »So, jetzt reden wir mal Tacheles. Du bist mit dem Wichser abgehauen und ich bin dafür in den Knast gewandert. Du schuldest mir was!«

Jana rutschte unruhig auf ihrem Hintern herum. Shaddow nahm seine Pistole wieder in die Hand und überprüfte das Magazin. Er zog den Schlitten nach hinten und schaute in die Kammer. Dann ließ er den Schlitten klackend nach vorne schnellen.

»Willst du mich jetzt erschießen?«, fragte Jana leicht verunsichert.

»Wenn ich das gewollt hätte, wärst du schon längst Hundefutter. Aber ich brauch dich noch!«

»Und wozu?«

»Wirst du früh genug erfahren.«

Jana hatte absolut keine Lust für ihren Ex-Zuhälter auch nur den kleinsten Finger zu rühren.

»Aber dann sind wir quitt!«, erwiderte Jana weil sie wusste, das ihr momentan keine andere Wahl blieb.

KAPITEL 22

Hatte es an der Haustür geklingelt? Marco lag auf der Couch im Wohnzimmer und schreckte hoch. Es hatte früh am Morgen schon mal geschellt. Auf der Fußmatte lag eine Tageszeitung und als er sie aufnahm, fiel ein Bild mit Jana vor einer blutbefleckten Wand heraus. Er war schockiert!

Marco versuchte daraufhin Wenzel anzurufen. Der schlief anscheinend noch seinen Rausch aus. Marco sendete eine SMS, worin er um dringende Hilfe bat. Es klingelte nochmal! Marco sprang von der Couch und rannte durch den Flur. Er riss die Tür auf, weil er dachte, dass Wenzel davorstehen würde.

Lutscher und Beule drehten sich gleichzeitig um. Marco sah die Bodyguards kurz entgeistert an und schmiss die Tür wieder zu. Beule stellte reflexartig seinen Fuß zwischen Tür und Angel.

Lutscher rammte seine Schulter gegen die Haustür. Sie flog krachend auf. Marco taumelte und prallte rücklings gegen die Schuhkommode im Flur. Als er sein Gleichgewicht wiedergefunden hatte, rannte er ins Wohnzimmer. Lutscher stampfte wie ein Elefant im Porzellanladen durch den Flur, dicht gefolgt von seinem Partner.

Marco entdeckte auf der Couch sein Smartphone. In der Panik drückte er auf den Notruf-Button.

»Sie sind mit der Polizei verbunden. Bitte haben Sie Geduld … «, sagte eine weibliche Telefonstimme.

Plötzlich spürte Marco den kalten lauf einer Pistole an seinem Hinterkopf.

»Überleg jetzt genau was du tust«, drohte Lutscher mit finsterer Miene.

Beule machte ihm unmissverständlich klar, wenn er nicht freiwillig mitkommt, würden sie ihn plattmachen und zusammengefaltet in den Kofferraum schmeißen. Jeder Widerstand war zwecklos!

Marco machte sein Smartphone aus und warf es auf die Couch. Er folgte den beiden Bodyguards, ohne vor dem Haus Alarm zu schlagen und stieg hinten in die Limousine. Sie fuhren mit ihm nach Harburg. Unterwegs kündigte Beule ihre Ankunft mit seinem Handy an.

* * * * *

Shaddow ließ seinen Pittbull auf dem Schrottplatz frei herumlaufen. Marco stieg widerwillig aus dem Lincoln Continental. Cane sprang ihn sofort an und knurrte wie ein Höllenhund. Marco erstarrte und hob beide Arme. Er traute sich nicht, irgendeine abwehrende Bewegung zu machen.

»Nimm den Köter weg, bevor er mich anknabbert!«

Shaddow grinste hämisch und nahm Cane an die Leine. Der ließ schließlich von Marco ab. Trotzdem beschnupperte er ständig die Hosenbeine, während sie gemeinsam über den Schrottplatz liefen.

Bei vielen Autos konnte man erkennen, dass sie sich überschlagen hatten, oder sie waren an einem Baum oder Brückenpfeiler gescheitert. Marco versuchte irgendwie selbstsicher zu wirken, damit der Hund endlich das Interesse an seinen Waden verlor.

»Das ist hier ja alles ein hübscher Musterkatalog der Zerstörung.«

Cane zog unaufhörlich an der Leine. Shaddow hatte ein Problem den Pittbull zu bändigen und riss ihn genervt zurück, während er neben Marco herging.

»Ähm – was soll das denn heißen?«

Marco blieb nachdenklich an einem der Wracks mit abgerissener Stoßstange stehen. Außerdem war bei dem Auto die Frontscheibe zersplittert. Der Motor hatte sich durch die Kühlerhaube gebohrt und war total deformiert.

»Jedes Autowrack steht für ein Schicksal im Leben eines oder mehrere Menschen.«

Cane bellte plötzlich, als hätte er verstanden, was Marco damit sagen wollte. Shaddow holte mit einer Hand aus und gab Marco eine Kopfnuss.

»Jetzt werd nicht philosophisch, du Weichei!«

Shaddow brachte Marco schließlich zu einer großen Werkshalle. Er zog die schwere Schiebetür mühelos auf und ging an dem Abschleppwagen vorbei, der vormittags noch draußen gestanden hatte.

An einer Wand standen Regale mit Ersatzteilen. Die Werkstatt war mit allem ausgerüstet, was man zum Reparieren oder Zerlegen von Autos brauchte. Auf einer Werkbank lagen jede Menge ölige Werkzeuge herum. In der Mitte stand auf einer Hebebühne ein tadelloser, aber schon älterer Mercedes Benz 500 SL. »Mit diesem Wagen wirst du für mich eine kleine Kurierfahrt machen.«

Marco hatte eine Wage Vorstellung, worum es bei der Sache wahrscheinlich gehen würde. Jedenfalls ahnte er schon, dass es bestimmt keine legale Tour werden würde, die er mit dem Auto machen sollte.

»Ist das nicht ein bisschen auffällig?«

Shaddow war das offensichtlich vollkommen egal. Er zuckte nur gleichgültig mit den Schultern.

»Und wenn schon, der Wagen ist präpariert.«

»Und wenn die mit Hunden kommen?«, erwiderte Marco und sah Shaddow zweifelnd an.

»Cane hat einige Zeit darin gepennt!«

»Das wird die Polizei trotzdem nicht vom suchen abhalten!«

»Der Kofferraum hat einen doppelten Boden und ist verschweißt. Man muss die Rückbank abschrauben und mit´m Inbusschlüssel vier verborgene Muttern lösen, um an den Hohlraum zu kommen. Die Tour ist Idioten-sicher!«, erklärte Shaddow und zündete sich eine Zigarre an.

Der Mercedes war zwar schon älter, hatte aber eine vollverzinkte Karosserie. Im cremeweißen Lack war absolut keine rostige Stelle zu sehen. Marco streifte mit einer Hand über den Kotflügel.

»Und was wird in dem Fach drin sein?«

Shaddow musterte Marco misstrauisch und zögerte einen Moment mit der Antwort. Er fragte sich, ob es

klug war, schon jetzt mit der Sache herauszurücken.
»Zehn Kilo unverschnittenes und steril verpacktes Koks!«
Marco klappte augenblicklich die Kinnlade runter. »Trotzdem ziemlich riskant. Seit wann bist du unter die Dealer gegangen?«, fragte Marco erstaunt.
Shaddow zog genüsslich an der Havanna und blies ein paar Rauchkringel in die Luft.
»Hab im Knast ein paar neue Kontakte geknüpft. Der Stoff bringt mir eine viertel Million und meine Geschäftspartner verdienen noch mehr daran. Der jetzige Marktwert ist viermal so hoch. Lutscher und Beule fahren im GMC die ganze Zeit hinter dir her. Die regeln alles – du bist nur der Kurier!«

KAPITEL 23

Shaddow drückte ein Kippschalter und machte das Licht aus. Danach schob er Marco vor sich her nach draußen, zog das schwere Werkstatttor mit einem kräftigen Ruck zu und ließ ein dickes Eisenschloss klangvoll zuschnappen.

Für Marco war hingegen eine Falle zugeschnappt, aber erst jetzt wurde ihm schlagartig bewusst, dass er nicht mehr aussteigen konnte. Er wusste zu viel! Natürlich würde er sofort die sich nächst bietende Gelegenheit zur Flucht nutzen, aber erst mal musste er herausfinden, wo Jana steckt.

Marco folgte Shaddow über eine Steintreppe in ein Nebengebäude, das zum Teil bis über die Werkstatt ragte. Cane fletschte die Zähne und knurrte, als er mit Shaddow den Hauptraum betrat. Der schnippte kurz mit dem Finger, woraufhin sich der Pitbull auf seine Decke am Eingang legte.

»Gibt es hier irgendwo eine Möglichkeit, wo man sich frisch machen kann?«, fragte Marco.

Shaddow blickte Marco zunächst misstrauisch an. Ihm war ebenfalls klar, dass der versuchen würde, irgendwann das Weite zu suchen. Aber bestimmt nicht solange Jana in seiner Gewalt war. Also führte er Marco durch einen schmalen Flur zum Bad.

Marco machte die Tür hinter sich zu und schaute sich um. Das Bad war ein Drecksloch. Die Glastür von der Duschkabine hatte einen Sprung. Der Riss war an der Stelle notdürftig mit Klebeband geflickt. In der Türschiene klebten überall Haare. Ein langer rostbrauner Fleck zog sich vom Brausekopf bis zum Becken der Duschwanne. In einer Ecke stand ein Plastikfläschchen mit billig-Shampoo.

Marco musste zunächst seiner Notdurft nachgeben. Nachdem er geendet hatte, betätigte er die Spülung und wurde stutzig. Das Wasser hörte nicht auf zu fließen und drohte überzulaufen. Er zog den Hebel hoch, aber das brachte nichts. Er hob neugierig den Deckel vom Spülkasten ab. An der Innenwand war mit Klebeband ein kleines Plastiksäckchen befestigt. Kokain!!

„Was für'n genialer Einfall. Darauf würden die Bullen bestimmt niemals kommen", dachte Marco kopfschüttelnd und konnte sich ein Grinsen nicht verkneifen.

Der Plastikbeutel hatte sich unter dem Schwimmer verklemmt. Er schob ihn weg und schließlich ging die Spülung aus. Danach stellte sich Marco unter die Dusche. Er drehte den Warmwasserhahn auf, aber nichts passierte. Er musste wohl oder übel kalt duschen, kippte sich was von dem Shampoo in die Haare und seifte auch den Körper damit ein.

Er machte es kurz, weil er sich regelrecht den Arsch abfror und trat flüchtend aus der Dusche. Er rieb sich schnell mit einem verschlissenen Handtuch trocken und streifte wieder seine Boxer-Shorts über. Auf einmal hörte er Jana´s Stimme vor der Badetür .

»Lasst mich sofort zu Marco!«, schrie Jana flehend. Die Badetür wurde aufgerissen. Jana drängelte sich an Lutscher und Beule vorbei und kam schluchzend auf Marco zugelaufen.

»Marco – was hat das alles zu bedeuten?«, fragte Jana und fiel ihm erleichtert in die Arme.

Marco ließ vollkommen perplex die Klamotten auf den Boden fallen und stand nur in Boxer-Shorts wie angewurzelt mitten im Bad. Er erwiderte unsicher ihren verzweifelten Gefühlsausbruch, berührte mit einer Hand Jana´s Kinn und sah in ihre Augen.

»Alles okay mit dir? Haben sie dir wehgetan?«, fragte er mit besorgtem Unterton in der Stimme.

Jana drehte kurz ihren Kopf in Richtung Lutscher und Beule, die wartend im Türrahmen standen.

»Die haben mich entführt und in ein verdammtes Drecksloch geschmissen«, erwiderte Jana sauer.

Lutscher grinste Jana verschmitzt lächelnd an.

»Ich glaube, dass nennt man sanfte Gewalt.«

»Los, mitkommen!«, befahl Beule energisch.

Marco zog schnell seine Sachen an. Danach wurden sie von den Bodyguards in den großen Hauptraum gebracht. Cane stürmte von der Eingangstür auf sie zu und bellte wie verrückt. Jana blieb aufgeschreckt stehen. Marco nahm ihre Hand und drückte sie.

»Keine Angst – der ist angekettet«, sagte Marco beschwichtigend, obwohl er nicht sicher war, dass der Verschluss am Halsband die Belastungen aushielt. Die Beinmuskulatur an den Hinterläufen von dem über-züchteten Pitbull waren extrem kräftig, wie bei einem gedopten Bodybuilder, der vor Kraft kaum laufen konnte.

Shaddow saß nach vorn gebeugt auf seinem Sessel. Er hielt den Kopf über die Tischplatte, worauf ein Spiegel lag, und zog sich eine *Line* Koks durch das rechte Nasenloch.

»Halt's Maul, Hund!«, schrie Shaddow auf einmal und rieb sich genervt die kribbelnde Nase.

Cane hörte auf zu Bellen und legte sich knurrend auf seine Decke. Shaddow gab Marco und Jana mit lässiger Handbewegung zu verstehen, sich auf das Sofa zu setzen. Die beiden Bodyguards setzten sich ebenfalls mit an den Tisch und zogen sich darauf nacheinander auch eine *Line* durch die Nase. Marco blickte Shaddow ungeduldig an.

»Du kannst Jana jetzt gehen lassen. Ich mach auch so, was du willst.«

Shaddow griff sich eine Wodkaflasche, die auf dem Tisch stand und kippte sich einen ordentlichen Schluck in den Rachen. Dann zündete er sich eine Zigarre an und sah Marco nachdenklich an.

»Geht nicht! Ein Typ alleine in der fetten Schleuder ist zu auffällig!«

Marco sprang wie von der Tarantel gestochen vom Sofa und wurde wütend.

»Was soll das heißen? Ich dachte, ich soll die Tour allein machen.«

Lutscher und Beule griffen reflexartig mit der Hand

hinter ihren Rücken. Sie umklammerten den Schaft von ihren Waffen und warfen Marco einen bösen Blick zu, der unmissverständlich andeutete, dass sie jederzeit bereit waren, wenn er Ärger machte.

»Willst du lieber mit Lizzy fahren, mit der du an der Elbe gefickt hast. Dann schicke ich Jana wieder auf´n Strich!«, raunte Shaddow drohend.

Er wirkte sichtlich gereizt und zog sich darauf noch eine *Line* Koks durch´s Nasenloch und blickte total genervt zu Lutscher und Beule.

»Schafft mir die Kröten aus´n Augen, oder ich raste gleich aus!«

KAPITEL 24

Marco und Jana gingen zwischen den Bodyguards. Lutscher ging voraus. Beule folgte hinter ihnen und hielt seine Pistole unverwandt auf sie gerichtet. Die beiden wurden regelrecht wie Delinquenten durch den Flur abgeführt. Schließlich blieb Lutscher vor der letzten Tür im Flur stehen und machte sie auf.

»Rein da – und ich will kein verdammten Ton von euch hören, sonst knallst!«

Beule fuchtelte drohend mit dem Lauf seiner Pistole vor Marcos Nase herum. Lutscher schubste Jana ins Zimmer und Marco ging zögernd hinterher. Kurz darauf flog hinter ihnen die Tür zu!

Marco und Jana standen wie zwei begossene Pudel im Zimmer und hörten, dass die Tür abgeschlossen wurde. Die rauen Wände waren nicht verputzt. Ein verrostetes Bettgestell mit einer Matratze stand an der rechten Wand.

Daneben befand sich eine kleine Holzkommode mit einer Kerze und einem Aschenbecher drauf. Marco zündete die Kerze an. Jana ließ sich frustriert auf´s Bett fallen.

»Kann es sein, dass du mir was verheimlicht hast?«

Marco holte seine Zigaretten aus der Tasche und steckte sich eine an. Er hielt Jana die Schachtel hin. Sie nahm sich zögernd einen Glimmstängel heraus. Marco blickte Jana betroffen an und gab ihr Feuer.

»Wollte auf den richtigen Zeitpunkt warten, weil es

mir sowieso nichts bedeutet hat. War´n Zufall, oder besser gesagt, ein abgekartetes Spiel«, sagte Marco und zog nachdenklich an seiner Zigarette.

»Du bist fremd gegangen und machst mir Vorwürfe wegen dem Job im Dollhaus. Ich dachte, du wolltest mich deswegen verlassen«, entgegnete Jana, machte ihre Zigarette aus und ließ den Kopf hängen.

»Ich war total sauer und dachte, du würdest wieder anschaffen gehen. Diese blöde Nutte hat mich beim Lagerfeuer an der Elbe sozusagen überrumpelt. Sie hat mich erst abgefüllt und danach … .«

»Ich weiß – Lizzy ist´n durchtriebenes Luder! Aber wie kann ich wissen, ob du mich noch liebst, wenn du so leicht verführbar bist?«, sagte Jana enttäuscht.

»Jana – ich liebe nur dich! Lizzy hat mich in einem schwachen Moment erwischt. Das hatte Shaddow alles eingefädelt, um mich unter Druck zu setzen.«

* * * * *

Die Kerze war bereits ganz runter gebrannt. Jana lag zusammengekauert auf dem Bett und schlief. Marco saß am Fußende und war auch ein-genickt, obwohl er dachte sowieso nicht schlafen zu können. Plötzlich hämmerte erst jemand lautstark gegen die Zimmertür und dann drehte sich der Schlüssel im Schloss. Marco rieb sich verschlafen die Augen und rüttelte Jana kurz an der Schulter.

»Was ist los?«, fragte Jana vollkommen übermüdet.

Darauf wurde die Zimmertür aufgerissen. Lutscher stand im Türrahmen und grinste blöde. Marco sah ihn verwundert an, weil Lutscher ein Sakko in der Hand hielt und es ihm vor die Füße aufs Bett warf.

»Anziehen! Ich muss wissen, ob´s passt.«

Marco stand auf und zog das Sakko über, während Jana mit verquollenen Augen auf der Bettkante saß und ihm dabei zusah. Lutscher nickte zufrieden.

»Na bitte, jetzt siehst du wie´n blöder Yuppie aus!«

»Dafür hast du uns mitten in der Nacht aus´m Bett gescheucht?«, fragte Jana genervt.

Lutscher trat zur Seite und plötzlich tauchte Beule mit seiner Waffe im Türrahmen auf.

»Los - aufstehen und mitkommen!«

* * * * *

Shaddow saß auf der Kühlerhaube seines Mercedes Benz 500 SL. Er rauchte Zigarre und hatte dabei den rechten Fuß lässig auf der Stoßstange, als Beule mit Marco und Jana durch das Hallentor hereinkamen. Shaddow sprang auf und eilte auf die beiden zu.

»Kleine Planänderung. Ihr fahrt jetzt gleich los!«

Jana war nicht gerade begeistert, als sie das hörte. Sie blickte Shaddow vorwurfsvoll an.

»Wir haben nicht mal geduscht und gefrühstückt.«

Shaddows Miene verdunkelte sich zusehends, aber er hielt sich dennoch zurück. Er war auf Jana und Marcos Hilfe angewiesen, damit alles glatt lief.

»Die Holländer haben den Liefertermin vorverlegt.«

Marco stupste Jana an und bedeutete ihr mit einem ernsten Blick keinen Stress zu machen. Sie hatten keine andere Wahl. Er hoffte vielmehr, dass sich dadurch bald die Gelegenheit zur Flucht ergab.

»Hast du Papiere für den Wagen?«, fragte Marco, um die angespannte Situation zu entschärfen.

»Im Handschuhfach. Setzt dich mal rein und lass den Motor an!«

Marco öffnete die Fahrertür und setzte sich hinters Lenkrad. Der Mercedes war mit beigen Ledersitzen ausgestattet. Die Armaturen sowie die Türen waren mit Wurzelholz verkleidet. Diesen Luxus gedachte er wenigsten in den nächsten paar Stunden einfach nur zu genießen. Er war sich ziemlich sicher, dass ein baldiger Aufenthalt im Knast folgen würde.

Er besah sich neugierig die Knöpfe und Schalter an der großen Mittelkonsole und bekam den Eindruck, als befände er sich in einem Cockpit.

»Ist´n Automatik mit Servolenkung. Das Baby hat 320 PS. Mit acht Zylindern unter der Haube fährt er schlappe 250 km/h. Damit hängst du jeden Bullen ab!«, prahlte Shaddow ganz stolz.

Der Zündschlüssel steckte. Marco ließ den Motor an. Sogleich gingen alle Lichter der Armaturen an. Auf der Mittelkonsole leuchtete das Display des eingebauten Navis. Es zeigte eine Straßenkarte mit dem derzeitigen Standort. Marco öffnete interessiert das Handschuhfach und holte die Wagenpapiere raus. Shaddow beugte sich kurz in den Fond runter.

»Wie du siehst, habe ich den Benz vorsichtshalber auf dich zugelassen. Werde ich selbstverständlich wieder ändern, wenn die Tour vorbei ist.«

Marco trat kurz das Gaspedal voll durch. Die acht Zylinder schnurrten wie eine Wildkatze. Danach drehte er den Zündschlüssel um und machte den Motor wieder aus. Als Marco aus dem Wagen stieg, kam Lutscher gerade mit zwei Becher Kaffee in die Werkstatthalle.

Lutscher reichte Jana und Marco die Becher, die ihn leicht verwundert wegen des unerwarteten Services anschauten. Shaddow begann daraufhin, ihnen die Einzelheiten zu erklären.

»Lutscher und Beule folgen dir mit Jana im GMC und kleben an deiner Stoßstange. Versuch ja keine Tricks!«

Marco hörte Shaddow scheinbar ungerührt zu und trank einen großen Schluck Kaffee.

»Und wo soll die Reise hingehen?«

»Nach Groningen. Da wechselt ihr die Fahrzeuge. Beule wird mit Lutscher die Wahre abholen.«

Marco nickte und setzte sich stillschweigend in den Mercedes. Er warf Jana einen traurigen Blick zu, da er ihr ansah, dass sie nicht gerade unglücklich darüber war, mit den Bodyguards im Van zu fahren. Marco startete den Motor. Bevor er die Fahrertür zu machte, schaute er Shaddow nochmal ernsthaft an.

»Nach dieser Tour sind wir quitt!«

Shaddow nickte kurz und wendete sich an seine Bodyguards, während Marco im Mercedes langsam aus der Halle auf´s Gelände vom Schrottplatz fuhr. »Passt mir ja gut auf den Wagen und die Fracht auf. Wenn ihr Scheiße baut, reiße ich euch den Arsch auf!«

Die beiden Bodyguards nickten wortlos. Lutscher setzte sich hinters Lenkrad des GMC. Jana musste zwischen ihm und Beule im Fond platz nehmen. Shaddow klopfte an das Fenster von der Fahrertür. Lutscher ließ nochmal das Seitenfenster herunter. »Ihr müsst unter allen Umständen um 18.00 Uhr wieder in Hamburg sein und die heiße Wahre hier pünktlich abliefern!«

»Okay Boss – wird schon klappen!«, sagte Lutscher und startete den Motor.

KAPITEL 25

Marco wartete im Mercedes mit laufendem Motor am Haupttor vom Schrottplatz. Für einen kurzen Augenblick dachte er, einfach aus dem Auto zu springen und wegzulaufen. Auf einmal wurde ihm bewusst, dass genau das sein Problem war. Weglaufen war nicht die Lösung, denn dadurch hatte er seine Liebe zu Jana infrage gestellt.

Plötzlich flammte hinter ihm die Lichthupe vom GMC auf. Marco warf ein Blick in den Rückspiegel. Er sah Lutscher wild mit den Armen gestikulierend hinterm Steuer des Van.

Marco beschleunigte und fuhr auf die Hauptstraße. Das Navi quatschte vor jeder Kreuzung fröhlich drauf los. Eine enervierende weibliche Stimme gab ihm unmissverständliche Anweisungen, wohin die Reise gehen sollte. Nach ein paar Kilometern durch Harburg befahl sie ihm, an der nächsten Kreuzung in Richtung Autobahn abzubiegen.

Die Fahrt nach Groningen verlief relativ ereignislos. Anfangs bemühte er sich noch, den GMC immer im Auge zu behalten, aber er merkte schnell, dass die Bodyguards mit Jana im Van kein Problem hatten, ihm zu folgen, obwohl das wegen der Lastwagen und dem regen Verkehr auf der Strecke bestimmt nicht leicht war. Der GMC klebte unaufhörlich wie Pattex an seiner Stoßstange.

Auf halber Strecke hielten sie an einer Raststätte um

zu tanken. Jana musste auf die Toilette. Beule folgte ihr und ließ sie nicht aus den Augen. Lutscher ging mit Marco in die Tankstelle um zu bezahlen, und kaufte noch Proviant für die Fahrt ein.

An der Grenze von Holland wurden sie durch-gewunken. Das Navi lotse Marco auf einen abseits gelegenen Parkplatz, außerhalb des Stadtkerns von Groningen. Marco machte den Motor aus und stieg aus dem Mercedes.

Die Bodyguards warteten schon neben dem Van auf ihn. Beule schob die Seitentür auf und befahl Marco einzusteigen.

»Versucht ja nicht auszubrechen! Wir kommen bald zurück«, sagte Beule mit drohender Miene und ging daraufhin zum Mercedes.

Lutscher steckte nochmal kurz den Kopf herein.

»Verhaltet euch ruhig. In der Minibar sind Getränke und im Regal liegen noch ein paar Sandwichs.«

Daraufhin knallte er die Seitentür des Van zu und verschloss auch die übrigen Türen vom GMC. Dann ging er mit schnellen Schritten zum Benz und setzte sich auf den Beifahrersitz. Der Motor lief schon und Beule trat das Gaspedal voll durch. Der Mercedes bog mit durchdrehenden Reifen auf die Straße ab.

* * * * *

Marco beobachtete durchs Rückfenster, wie sich der Wagen mit den Bodyguards schnell entfernte. Jana saß trotzig im Polstersessel, neben dem Durchgang zum Fond. Marco überlegte, wie er am besten die Zeit totschlagen konnte. Er machte die Minibar auf. Darin lagen zwei einsame Dosen Whiskey-Cola. Er nahm sie heraus und holte die Sandwichs aus dem Regal. Dann ging er zu Jana und sah sie fragend an.

»Puten- oder Käsesandwich?«

Er hielt jeweils ein Sandwich in der linken, und das andere mit der rechten Hand hoch.

»Komm schon, oder willst du wegen mir auch noch verhungern«, sagte Marco aufmunternd.

Jana zeigte auf das Puten-Sandwich. Schließlich begannen beide hungrig zu essen und schauten sich immer mal wieder abwechselnd wie zwei Kinder an, die bei einem Schulausflug den letzten Proviant verzehren.

»Meinst du, da passen wir zu zweit drauf?«, fragte Marco unsicher und wies mit seinem Kopf kurz auf die Bank im rückwärtigen Bereich des Van. Sie sah gut gepolstert und recht komfortabel aus.

»Wir können´s ja mal ausprobieren«, erwiderte Jana mit vollem Mund.

* * * * *

Nachdem sie aufgegessen hatten, legten sie sich in dem geräumigen Van auf die Rückbank. Marco bot Jana eine Zigarette an und gab ihr Feuer.

»Vielleicht wäre das alles nicht passiert, wenn ich auf dich gehört hätte«, sagte Jana nach einer Weile und nippte resigniert an ihrer Dose Whiskey-Cola.

Marco blies nachdenklich Rauch von der Fluppe in die Luft und hoffte, dass Jana nicht mehr sauer war.

»Du hast nichts falsch gemacht«, sagte Marco und streichelte Jana mit der freien Hand sanft durch die blonden Haare.

Marco gab Jana ein Kuss und blickte sie verliebt an.

»Ich würde dir gerne beweisen, dass die Sache an der Elbe absolut nichts zu bedeuten hatte.«

Jana machte die Zigarette aus und richtete sich auf. Sie trank einen letzten Schluck Whiskey-Cola und stellte die Dose weg.

»Und wie willst du das anstellen?«, fragte Jana und lächelte das erste Mal seit ihrem Streit wieder.

Daraufhin küsste Marco sie leidenschaftlich. Dann schob er Janas T-Shirt hoch und streichelte über ihre wundervollen Rundungen. Janas langen blonden Haare fielen über ihre Brüste, als sie sich das T-Shirt abstreifte. Ihre perfekten Möpse fielen schwungvoll vom Schlüsselbein ab. Ihre Nippel kräuselten sich oberhalb der Rundungen und wurden spitz.

Marco leckte über ihre Knospen und Jana verspürte ein unbändiges Verlangen. Sie hatte seine Nähe und sanften Berührungen mehr vermisst, als sie glaubte.

»Ich finde dich immer noch so unwiderstehlich und sexy, wie beim ersten Mal in der Scheune auf dem Bauernhof«, hauchte Marco Jana ins Ohr.

Jana sank überglücklich in die Polster. Marco zog ihr die Jeans aus und streifte den String-Tanga über ihre Beine runter. Jana spreizte sofort ihre Schenkel.

Ihre Pfirsich-Muschi glänzte. Marco streichelte mit zwei Fingern über ihre Klitoris und fuhr schließlich mit seiner Zunge über die feuchten Schamlippen in die Muschi. Jana stöhnte total aufgegeilt und führte ihre Beine mit den Händen hinter ihren Kopf.

Danach widmete er sich ihrem Kitzler. Er schob das dünne Häutchen hoch und reizte mit der Zungenspitze die kleine süße Perle.

Marco richtete sich kurz auf und zog die Hose aus. Danach beugte er sich wieder runter und leckte ihre Titten. Er nahm sich viel Zeit und saugte begierig an ihren schönen Knospen.

Währenddessen berührte er mit seiner Eichel Janas triefende Muschi. Er rieb seinen Luststab über ihre Klitoris und dann spürte Jana, wie Marcos Penis in ihre feuchte Vagina eindrang.

»Ja, fick mich! Ich will dich ganz tief in mir spüren.« Das machte Marco richtig heiß. Er stieß seinen Penis weit in ihre Vagina, während Jana ihre Schenkel mit den Händen festhielt, und die Füße gelenkig hinter den Kopf klemmte.

Beide gerieten regelrecht in einen Orgasmusrausch. Sie hatte permanent das Gefühl, gleich zu kommen. Marco fühlte sich von ihren prächtigen Möpsen regelrecht hypnotisiert und saugte abwechselnd an den spitzen Knospen, während er mit seinem Penis immer wieder in ungeahnte Regionen ihrer Vagina vordrang. Jana hatte das Gefühl, als ob ihre ganze Muschi ein Lustkanal mit hochsensiblen Nerven sei.

Dieser Liebesakt erregte sie wie kein anderer zuvor. »Tiefer – stoß mich! Stoß ihn ganz tief rein!«

Marco gab ihr einen intensiven Zungenkuss und drang mit seinem Kolben bis zum Anschlag in ihre Scheide. Seine Eichelspitze berührte immer wieder ihren G-Punkt.

Jana begann mit den Fingern ihre Klitoris zu reiben. Es elektrisierte förmlich ihr ganzes Becken während ihre Perle durch die Fingerspitzen flutschte.

Marco hielt für sie mit beiden Händen ihre Waden und Füße hinter ihrem Kopf und schob sein Becken kräftig vor. Jana spürte seinen Pimmel noch tiefer in ihre triefend nasse Muschi gleiten. Er stieß wiederholt mit dem Luststab an ihren G-Punkt. Sowohl in ihrer Vagina wie auch an ihrer Klitoris erfasste sie ein Schauer des Glücksgefühls nach dem anderen.

Jana hoffte, dass es niemals aufhörte. Dann bekam sie einen multiple Orgasmus, der sich wellenförmig in ihrem ganzen Körper ausbreitete.

Marco bäumte sich auf und presste seinen Pimmel mehrmals ganz tief in ihre Muschi. Er stöhnte und grunzte bei diesem ekstatischem Höhepunkt.

Ihre Körper bebten vor grenzenloser Erregung, wie nie zuvor, wenn sie miteinander schliefen. Jana umklammerte Marcos Hände, während er auf ihr lag und sie leidenschaftlich und überglücklich küsste.

Als er Anstalten machte sein Penis herauszuziehen, hielt sie sein Becken mit angewinkelten Beinen fest. »Lass das – ich will dich ganz lange in mir spüren!«

Seine Eichel drückte sanft gegen Janas G-Punkt. Sie seufzte tief erregt. Marco leckte ihre erotisierenden Nippel ab. Er fuhr mit seinen Lippen sanft über ihre Möpse und saugte nochmal an den Knospen.

»Mein Gott, dass war wahnsinnig geil«, sagte Jana während Marco ihren schönen Brüste überall sanft abknutsche.

KAPITEL 26

Marco und Jana lagen noch auf der Rückbank und befriedigten sich gegenseitig lustvoll mit der Zunge. Jana leckte genüsslich an seiner Eichel. Ihre Zunge schien überall gleichzeitig zu sein. Danach fuhr sie mit ihren weichen Lippen darüber und schob sich das steif gewordene Glied in den Mund.

Marco hatte seinen Kopf zwischen ihren Schenkeln und erkundete sanft mit der Zunge jede Falte ihrer Schamlippen. Dabei ließ er sie abwechselnd in ihre Muschi gleiten, oder streifte über ihre Perle.

Jana seufzte voller Verlangen und lutschte Marcos Luststab ab, als sie plötzlich in der Bewegung inne hielt und angestrengt lauschte.

»Was ist los? Hör nicht auf!«, sagte Marco röchelnd.

Jana reckte sich zur Seite und schaute durch eines der Seitenfenster. Sie konnte den Benz nicht sehen, aber ein unverwechselbares Motorengeräusch klang dumpf in ihren Ohren.

»Ich glaub, die Bodyguards sind schon wieder da«, sagte Jana irritiert und sprang von der Rückbank.

Marco zog gerade seine Unterhose an, als jemand die Seitentür aufzog. Lutscher steckte neugierig den Kopf hinein und rümpfte seine Nase.

»Hier riecht´s wie im Puff!«

Jana streifte sich schnell ihr T-Shirt über die blanken Brüste und schaute ihn pikiert an.

»Kannst´e nicht vorher anklopfen!?«

Lutscher stieg einfach in den Van und musterte die beiden Verliebten kritisch von oben bis unten.

»Ihr könnt weiter ficken, wenn ihr die scheiß Tour hinter euch habt. Jetzt fahren wir im Van voraus!«

Jana quälte sich in ihre Röhrenjeans. Marco hatte bereits das Sakko an und holte die Brieftasche raus. Er überprüfte seinen Personalausweis und schaute Lutscher danach verwirrt an.

»Ähm - und warum das?«

»Wir haben die Aufgabe den Köder zu spielen. Die Grenzkontrollen sind wegen der Flüchtlingskrise verschärft worden. Die werden hoffentlich nur den Van durchsuchen und euch durch winken«, erklärte Lutscher genervt und blickte Marco dabei ernst an.

»Und was soll ich dann machen?«, fragte Marco.

Plötzlich kam Beule durch die Seitentür herein und hielt Marco den Zündschlüssel vom Mercedes vor die Nase.

»Du fährst einfach weiter, und zwar nicht schneller als 100 km/h! Wir holen euch dann bestimmt ganz fix wieder ein.«

* * * * *

Marco fuhr mit dem Mercedes in mäßigem Tempo auf die Grenze zu. Er war unsicher und hätte am liebsten sofort angehalten, um die Fracht irgendwie loszuwerden. Wenn man ihn und Jana bei dieser Aktion erwischte, würden sie für unbestimmte Zeit hinter schwedischen Gardinen sitzen, und er wollte gar nicht darüber nachdenken, was die Knackis im Gefängnis mit ihm alles anstellen würden, wenn es Nacht wurde und kein Wärter etwas mitbekam. Er würde Jana ewiglich nicht mehr wiedersehen und sie würde ihn wahrscheinlich für den Rest seines Lebens verfluchen.

Jana saß auf dem Beifahrersitz und drehte sich kurz um. Sie konnte Lutscher und Beule im Van schwach hinter der Windschutzscheibe erkennen. Lutscher lenkte den GMC und überholte sie plötzlich.

Marco drückte bestätigend die Lichthupe, fuhr aber mit unverminderten Tempo weiter. Jana wendete ihren Kopf und sah Marco verunsichert an.

»Willst du mir nicht endlich mal verraten, was wir transportieren?, fragte sie neugierig.

Marco sah wie hypnotisiert auf die Rücklichter vom GMC. Dann ging er schließlich vom Gaspedal, um einen größeren Abstand zum Van herzustellen.

»Ist besser, wenn du nichts weißt«, erwiderte Marco zögernd.

»Ist es so schlimm?«, fragte Jana ängstlich.

Marco überlegte angestrengt, was er darauf sagen sollte und warf ihr einen ernsten Blick zu.

»Im Zweifelsfall kannst du den Bullen glaubhaft machen, du hättest von alldem nichts gewusst, und ich werde das gleiche sagen!«

Jana beugte sich zu Marco rüber und gab ihm einen dicken Kuss auf die Wange.

»Na toll, dann können wir später durch Gitterstäbe Händchen halten.«

Marco näherte sich langsam dem Unvermeidlichen und fuhr mutig auf die Grenze zu. Jana war starr vor Angst und sagte kein Ton mehr. Jetzt blickte sie wie hypnotisiert auf die roten Bremslichter des Van, der gerade an einem Kontrollhäuschen zum stehen gekommen war.

Lutscher ließ das Seitenfenster runter und hielt dem Grenzbeamten in seiner Kabine die Ausweise hin. Marco blieb nichts anderes übrig, als hinter dem GMC anzuhalten, während die beiden Bodyguards überprüft wurden. Dann geschah genau das, was Lutscher vermutet hatte. Sie wurden mit dem Van herausgewunken.

Marco rollte langsam auf das Kontrollhäuschen zu. Der Grenzer warf ein kurzen Blick auf das Yuppie-Pärchen in dem Mercedes und bedeutete Marco mit einer Handbewegung weiter zu fahren.

Marco beschleunigte und ließ die Grenze so schnell wie möglich hinter sich. Dabei fuhren sie an einem Areal vorbei, wo der Van in einer Park-Bucht stand und gerade von einigen Grenzbeamten gründlich in Augenschein genommen wurde.

Marco fuhr wieder auf die Autobahn. Jana zündete gleich zwei Zigaretten an und reichte eine an Marco weiter.

»Puh – da haben wir echt Schwein gehabt!«, sagte Marco mit der Zigarette im Mundwinkel und blies den Rauch erleichtert durch die Nase raus.

»Lass uns einfach abhauen. Die Gelegenheit kommt nie wieder«, sagte Jana hoffnungsvoll.

Marco kratzte sich nachdenklich am Kinn. Wenn er jetzt Vollgas gab, konnten sie es vielleicht schaffen. »In Deutschland sind wir nirgendwo vor Shaddow sicher!«

Jana nahm die Zigarette aus´m Mund und schaute Marco fröhlich an.

»Aber vielleicht an der Coté Azur.«

»Ohne Geld und ohne Klamotten?«, gab Marco zu bedenken und zweifelte, ob dass wirklich eine gute Lösung war.

»Wir könnten das Auto verkaufen!«, versuchte Jana ihn mit dieser Idee zu überreden.

»Das wäre eine Möglichkeit … «, sagte Marco nicht wirklich überzeugt, kam aber nicht mehr dazu, den Satz zu beenden.

Ihm fiel im Rückspiegel ein sich schnell nähernder dunkelgrauer BMW auf. Der Wagen überholte und scherte wieder vor ihm auf die rechte Fahrbahn ein. Im Rückfenster blinkte plötzlich auf einer digitalen Anzeigetafel eine rote Leuchtschrift auf.

»POLIZEI → BITTE FOLGEN«

Marco versuchte ruhig zu bleiben, obwohl ihm das Adrenalin durch die Blutbahn jagte. Er machte die Zigarette schnell im Aschenbecher aus.

»Scheiße – wir sind am Arsch!«

Jana drehte sich um und warf einen Blick durchs Rückfenster. Sie entdeckte einen weiteren Wagen, der unmittelbar an der Stoßstange vom Benz klebte.

»Was sollen wir jetzt machen?«, fragte Jana panisch.

»Beten!«, erwiderte Marco zynisch.

An der nächsten Ausfahrt bog der BMW ab. Marco folgte dem Auto, das kurz darauf bremste und noch in der Kurve vor einem VW – Bulli anhielt, aus dem mehrere Polizisten ausstiegen. Marco stoppte hinter dem BMW und machte den Motor aus. Das zweite Zivilauto, welches hinter ihnen gefahren war, kam ganz dicht hinter dem Benz zum stehen.

Der Mercedes stand jetzt zwischen beiden BMW´s eingeklemmt, aus denen Beamte in Zivil ausstiegen. Sie kamen sofort auf das Auto zu und umringten es von beiden Seiten. Alle hielten ihre rechte Hand am Pistolenhalfter. Einer von den Polizisten klopfte an die Scheibe der Fahrertür.

Marco drückte auf der Mittelkonsole eine Taste und ließ das Seitenfenster runter.

»Ausweis, Führerschein und die Fahrzeugpapiere, bitte!«

Jana öffnete schnell das Handschuhfach, nahm die Autopapiere raus und übergab sie an Marco weiter, der gerade seinen Ausweis und den Führerschein aus seiner Brieftasche holte. Danach überreichte er dem Polizist alles zusammen. Der gab seine Papiere an einen Kollegen weiter, welcher damit zum VW-Bulli ging.

An der Beifahrerseite leuchteten zwei Polizisten mit Taschenlampen den Innenraum vom Mercedes ab. Marco blickte die Polizisten auf seiner Seite mit aufgesetzter Unschuldsmiene an, um keinen Verdacht zu erregen, und stellte eine harmlose Frage.

»Bin ich zu schnell gefahren?«

Der Polizist vor dem Fenster musterte ihn prüfend. »Führen Sie illegale Substanzen mit sich oder haben welche konsumiert?«

Marco sah den Polizist vollkommen entgeistert an. »Weder noch!«

Der Polizist machte daraufhin eine auffordernde Handbewegung.

»Kommen Sie aus dem Wagen raus und öffnen mal den Kofferraum!«, befahl er barsch.

Der Polizist öffnete die Fahrertür. Marco stieg aus dem Mercedes und ging zum Heck. Dann fiel ihm ein, dass er den Autoschlüssel im Zündschloss hatte stecken lassen. Als er umkehren wollte, versperrte ihm ein weiterer Polizist den Weg.

»Wo wollen Sie denn jetzt hin?«, fragte der Beamte argwöhnisch.

Marco wurde sogleich von zwei Polizisten umstellt, und konnte weder vor, noch zurück.

»Hab den Autoschlüssel im Wagen vergessen«, erwiderte Marco leicht verunsichert.

Jana verfolgte neugierig vom Beifahrersitz aus, was sich draußen gerade abspielte. Sie bekam alles mit und ging mit dem Autoschlüssel zum Heck. Dort übergab sie ihn an Marco, der damit bereitwillig die Kofferraumhaube öffnete.

Die beiden Polizisten begannen den Kofferraum mit

ihren Taschenlampen gründlich auszuleuchten und zu durchsuchen, während ihre Kollegen Marco und Jana nicht aus den Augen ließen.

Plötzlich stieg ein Polizist mit Schäferhund aus dem VW-Bulli. Er kam mit dem Spürhund auf den Benz zu und ging zur Beifahrerseite. Der Hund sprang sofort in das Wageninnere und schnüffelte lechzend in jeder Ritze. Er wirkte dabei ziemlich aufgeregt, reagierte aber nicht alarmierend. Der Hundeführer merkte langsam, dass etwas nicht stimmte.

»Hasso – bei Fuß!«, sagte er laut hörbar, aber der Schäferhund machte keine Anstalten, dem Befehl folge zu leisten und schnüffelte weiter.

»Hasso – zu mir!«, rief der Hundeführer energisch und kramte in seiner Windjacke herum. Er holte ein Stück Hundekuchen heraus. Der Spürhund sprang aus dem Wagen.

»Hasso – mach platz!«

Der Spürhund wedelte treudoof mit dem Schwanz und setzt sich zögernd auf seine Hinterbeine. Der Hundeführer streichelte über seinen Kopf und gab ihm den Hundekuchen. Einer von den Polizisten, die den Kofferraum durchsuchten, kam zu ihm.

»Ist der Wagen drinnen sauber?«

»Bin nicht sicher. Der Köter wittert vielleicht einen anderen Hund!«, sagte der Hundeführer und sah dabei seinen Kollegen ratlos an. Der wendete sich fragend an Marco.

»Haben Sie einen Hund?«

Marco schüttelte verneinend den Kopf. Dann fiel ihm ein, dass der Beamte mit seinen Autopapieren sicher schnell feststellen würde, dass der Mercedes erst vor kurzem auf ihn zugelassen wurde.

»Nein, aber vielleicht der Vorbesitzer«, erwiderte Marco und machte eine ahnungslose Miene.

Die Polizisten sahen sich ziemlich frustriert an. Der Hundeführer zuckte enttäuscht mit den Schultern. Der Beamte mit den Papieren kam zum Mercedes und übergab sie wortlos an Marco. Er schaute seine Kollegen resigniert an und schüttelte mit dem Kopf.

»Sie können jetzt wieder einsteigen und ihre Fahrt fortsetzten.«

Daraufhin zogen sich sämtliche Polizeibeamten wie auf Kommando zurück. Sie hatten es plötzlich sehr eilig. Alle begaben sich schnell zu ihren Fahrzeugen und starteten die Motoren. Der VW-Bulli fuhr zuerst los und die beiden BMW´s folgen ihm zügig die Ausfahrt hinunter.

Marco und Jana sahen den Autos ungläubig hinterher.

»Wach ich, oder träume ich?«, fragte Jana ganz und gar verwundert.

»Das ist´n verdammter Albtraum gewesen!«, sagte Marco und ließ demonstrativ die Kofferraumhaube zufallen.

KAPITEL 27

Jana saß bereits im Wagen. Marco lehnte am Heck und musste sich kurz abstützen. Sein Herz raste immer noch und die Beine fühlten sich wie nach einem Marathonlauf an. Ihm wurde einmal mehr ihre aussichtslose Lage bewusst, in der sie steckten. Shaddow hatte das Auto zwar gut präpariert, aber er wusste offenbar nichts von Drogenfahndern, die sogar hinter der Grenze Kontrollen machten.

Jana war fassungslos und rauchte schon die zweite Zigarette, als Marco sich endlich beruhigt hatte und wieder weiterfahren konnte.

»Da hatten wir aber verdammtes Glück!«, bemerkte Jana erleichtert.

»Hat nicht viel mit Glück zu tun«, sagte Marco und startete den Motor.

Das Navi meldete sich mit einer neuen Anweisung. *„Wenden Sie am Ende der Straße!"*

Marco fuhr bis ans Ende der Ausfahrt und machte einen U-Turn, um wieder in die entgegengesetzte Richtung auf die Autobahn zu kommen.

»Vielleicht ist der Wagen tatsächlich sauber«, sagte Jana spekulierend, aber Marco schüttelte den Kopf und schaute sie ernst an.

»Glaub ich nicht. Wir haben mindestens zehn Kilo Koks im Kofferraum!«

Jana wich augenblicklich die Farbe aus dem Gesicht und wurde schreckensbleich. »Oh mein Gott!«

In dem Augenblick blendeten hinter dem Mercedes Scheinwerfer auf. Jana drehte sich um und erstarrte wie ein Rehkitz auf der Landstraße, bevor es vom Auto überrollt wird.

»Wieder die Bullen? Dann sind wir fällig!«

Marco warf einen kurzen Blick in den Rückspiegel. Er erkannte sofort den Van mit den Bodyguards. Auf dem Beifahrersitz fuchtelte Beule wild mit den Armen herum und deutete auf ein Autobahnschild, woran sie gerade vorbeifuhren.

»Keine Panik, dass sind unsere beiden Aufpasser!« Marco nahm die nächste Ausfahrt und parkte den Mercedes vor einer Raststätte.

Der kleine Hoffnungsschimmer, sich aus dem Staub machen zu können, zerplatzte vor Janas Augen wie eine Luftblase, als der GMC mit Lutscher am Steuer neben dem Mercedes einparkte. Beule sprang aus dem Van und kam mit schnellen Schritten auf den Benz zugelaufen.

Jana erkannte, dass er aufgebracht war und wollte Marco warnen, aber es war schon zu spät. Beule riss die Fahrertür auf und zerrte ihn aus dem Wagen.

»Wo habt ihr die ganze Zeit gesteckt?«, schrie Beule von unbändiger Wut erfasst.

»Bleib cool! Ihr habt uns doch gefunden«, erwiderte Marco trotzig.

Beule packte Marco am Kragen und schüttelte ihn ordentlich durch. Als Jana das mitbekam, öffnete sie schnell die Beifahrertür und stieg aus dem Auto.

»Wenn du mich verarschst, mach ich dich fertig!«
Jana stürmte auf Beule zu und wollte dazwischen
gehen. Im gleichen Moment eilte Lutscher aus dem
Van auf Jana zu und hielt sie am Arm fest.

»Halt – hier geblieben, Fräulein!«
Jana versuchte sich verzweifelt loszureißen.

»Lass mich los – du tust mir weh!«
Marco blickte übers Wagendach und sah, wie Jana
von Lutscher rabiat am Handgelenk zurück gezerrt
wurde. Er trat Beule zwischen die Beine. Der sank
mit schmerzverzerrte Miene auf die Knie.

Marco rannte um den Mercedes herum. Jana drehte
reflexhaft ihren Kopf weg, während Marco ausholte
und Lutscher einen gezielten Haken verpasste.

Lutscher fing sich sofort wieder und zückte sein
Springmesser. Er schleuderte Marco gegen den Van
und setzte ihm die Klinge an den Hals.

»Jetzt hast du´s zu weit getrieben!«, sagte Lutscher
drohend.

In dem Moment kam ein Mann aus der Raststätte.
Er ging zu einem Audi, der in unmittelbarer Nähe
vom Benz geparkt war. Der Mann blickte alarmiert
über das Autodach zu Marco rüber und holte sein
Handy aus der Jacke.

»Brauchen sie Hilfe? Soll ich die Polizei rufen?«
Lutscher ließ sofort das Messer in der Hosentasche
verschwinden.

»Entschuldigung – ich hab Sie nicht mit Absicht auf
der Autobahn geschnitten«, sagte Lutscher spontan,

und wollte Marco die Hand geben. Der ignorierte die Geste, drängelte sich an ihm vorbei und nahm Jana schützend in den Arm. Beule richtete sich auf und blickte den Autofahrer über das Autodach mit verkrampfter Miene an.

»Halten Sie sich gefälligst raus! War nur´n kleines Missverständnis«, sagte Beule abwiegelnd und ging mit weichen Knien zum Van. Er öffnete schnell die Fahrertür und setzte sich erschöpft hinters Steuer.

Der Autofahrer schaute Beule misstrauisch an und schüttelte verständnislos mit dem Kopf. Schließlich machte er die Autotür auf und setzte sich in seinen Audi. Danach parkte er schnell aus und fuhr davon.

* * * * *

Marco und Jana saßen nebeneinander Lutscher und Beule gegenüber am Fensterplatz in der Raststätte. Jana nippte an ihrem Kaffeebecher, während Marco sich zu rechtfertigen versuchte, weshalb sie solange aufgehalten wurden.

»Die Polizei hat uns kontrolliert.«

Die beiden Bodyguards sahen ihn misstrauisch an.

»Wieso – bist du etwa zu schnell gefahren?«, fragte Lutscher ungläubig.

Jana stopfte sich ein Stückchen Apfelstrudel in den Mund und schüttelte den Kopf.

»Das waren Drogenfahnder!«, sagte Jana mit vollem Mund. Beule sah sie mit böse funkelnden Augen an.

»Wer hat dich denn gefragt!«

Marco hatte seinen Apfelstrudel schon aufgegessen und schob den Teller zur Seite.

»Die haben den Benz gründlich gefilzt, aber nichts gefunden. Das ist alles – was soll der ganze Stress?«

»Wenn ein Krümel von dem Stoff fehlt, dann bist´e ein toter Mann!«, erwiderte Lutscher drohend und sah Beule zweifelnd an.

»Hab mal gehört, dass die Bullen nach der Grenze Stichproben machen.«

»Hättest Du mich nicht vorher warnen können. Ich hab mir beinahe in die Hose gemacht«, sagte Marco vorwurfsvoll.

Lutscher warf einen Blick auf seine Armbanduhr.

»Wir sind spät dran. Ich hab kein Bock mehr, mich von diesem Blödian weiter voll-texten zu lassen!«

KAPITEL 28

Die Zeit schien in den Schrottautos wie eingefroren, schleppte sich aber dennoch unbarmherzig weiter voran. Zwei schwarze Edelkarossen rasten durch das offene Eingangstor. Die Hinterräder wirbelten auf dem Schrottplatz eine Menge Staub auf, der sich nur langsam in der Abendsonne legte, während die Autos vor dem Hauptgebäude neben der Werkstatt abrupt zum stehen kamen.

Zwei finstere Typen mit Haarnetz auf dem Kopf in schwarzen Lederjacken stiegen aus einem Porsche Cayenne. Gleich daneben parkte ein Jeep Cherokee. Der Fahrer war ein bulliger Russe mit Leibwächter. Gemeinsam stiegen sie die Außentreppe in die erste Etage über der Karosseriewerkstatt hinauf.

Cane bellte laut, als der Leibwächter von außen mit der Faust gegen die schwere Metalltür hämmerte.

Shaddow lag entspannt auf dem Sofa. Lizzy hockte davor auf ihren Knien und blies ihm gerade einen. Sie schreckte auf und sah Shaddow verunsichert an.

»Schnauze, Cane!«

Shaddow machte genervt seine Hose zu und raffte sich hoch. Er schlurfte gemächlich zur Eingangstür und warf ein prüfenden Blick durch den Spion. Danach öffnete er schnell die Tür und blickte erstaunt in die Gesichter seiner Geschäftspartner.

»Ihr seid früher da, als vereinbart.«

»Ist das´n Problem?«, fragte Alejew neugierig mit rauer Stimme und sehr starken russischem Akzent.

Shaddow trat zur Seite und ließ die Männer herein.

»Nein – aber die Wahre ist leider noch unterwegs!«

»Dann warten wir eben zusammen«, bemerkte der Deutschtürke grinsend und ging an ihm vorbei.

»Dann macht es euch schon mal bequem – Lizzy wird euch mit Getränken versorgen.«

Shaddow verschwand im Flur und eilte in das Bad. Dort hob er den Deckel der Toilettenspülung ab. Er fischte die Plastiktüte mit dem Koks heraus und machte den Deckel wieder zu.

Als er mit dem Stoff in den Hauptraum zurückkam, hatten sich seine Geschäftspartner bereits um den runden Glastisch verteilt. Die beiden Russen saßen auf dem Sofa. Die Deutschtürken hatten sich auf die Klappstühle gesetzt.

Alle beobachteten Lizzys Bewegungen, während sie an der Küchenzeile zum Kühlschrank ging und dabei war, Bierdosen, Wodka, eine Flasche Cola und Eiswürfel herauszuholen. Sie hatte ein aufreizendes Top und ein kurzes Röckchen am Leib, während sie die Getränke zubereitete.

Shaddow gab Lizzy einen Klaps auf den Po.

»Mach hin Schätzchen, meine Gäste können´s kaum erwarten von dir bedient zu werden.«

Lizzy brachte den Türken sogleich zwei Dosen Bier mit Gläsern und wendete sich den Russen zu, die ihr pausenlos auf die Titten guckten.

»Bier oder Wodka-Cola?«, fragte sie schmunzelnd.

»Ich würde lieber´n kleine Party mit dir feiern.«

Shaddow machte es sich auf seinem Sessel bequem,

und holte einen Brocken Koks aus dem Tütchen. Er zerkleinerte ihn mit einem Rasiermesser auf einem Spiegel. Danach holte er einen 100 Euro Schein aus seiner Brieftasche und rollte ihn zusammen.

Er hielt das Röhrchen ans Nasenloch und zog sich die erste *Line* rein. Dann reichte er den Spiegel mit dem Koks drauf an seine Geschäftspartner weiter.

Jeder von ihnen bediente sich ausgiebig. Sie zogen sich alle der Reihe nach eine *Line* nach der anderen durch die Nase.

Lizzy machte drei Longdrinkgläser mit Wodka halb voll und warf ein paar Eiswürfel rein. Danach füllte sie die Gläser mit Cola auf. Sie stellte die Getränke auf ein Tablett und verteilte sie an die Russen.

Als sie das dritte Glas zu Shaddow bringen wollte, gab Cane auf seiner Decke am Eingang plötzlich ein tiefes Knurren von sich. Jemand klopfte an die Tür! »Sieh nach, wer das ist!«, sagte Schaddow nachdem Lizzy ihm gerade seinen Longdrink gebracht hatte. Sie ging zur Tür und schaute kurz durch den Spion. »Ist Wenzel!«

Shaddow nickte wortlos und Lizzy machte die Tür auf. Wenzel war erfreut und verunsichert zugleich. »Lizzy, du bist schon hier. Ich sollte dich abholen und hab mich schon gefragt, wo du steckst.«

»Shaddow hat mir´n Taxi bezahlt«, erwiderte Lizzy gleichgültig und ließ ihn einfach stehen. Dann ging sie zu Shaddow, setzte sich auf die Armlehne vom Sessel und gab ihm einen langen intensiven Kuss.

Wenzel ließ die Tür ins Schloss fallen. Cane knurrte und fletschte die Zähne. Wenzel wich kurz zurück und machte einen Bogen um den bissigen Köter.

»Ich hab Neuigkeiten!«, verkündete er und nahm sich den letzten Klappstuhl, der an der Küchenzeile angelehnt stand. Daraufhin setzte er sich neben den türkischen Geschäftspartner.

Dessen Leibwächter schniefte sich gerade eine *Line* durch die Nase, als Shaddows Handy bimmelte.

Er holte es aus der Hosentasche und klappte es auf.

»Was geht? Wann seid ihr da? Okay – aber jetzt halten wir Funkstille. Macht die Quatsche aus – bis gleich!«

Shaddow öffnete den Deckel auf der Rückseite vom Handy. Er entnahm das Akku und den Telefonchip. Seine Geschäftspartner folgten sofort dem Beispiel und legten ihre Handys auf den Tisch.

»Alles in Ordnung?«, fragte Alejew nervös und rieb sich die taube Nase.

»Entspann dich – dauert nicht mehr lang!«, sagte Shaddow und kippte sich ein ordentlichen Schluck Wodka-Cola in den Rachen. Danach stellte er sein Longdrink auf dem Glastisch ab und blickte seine Geschäftspartner nacheinander fröhlich an.

»Das ist übrigens mein Mann bei den Bullen, ohne dessen Hilfe ich noch im Knast abhängen müsste.«

Die Männer musterten Wenzel kritisch und Orhan´s Leibwächter hielt ihm darauf den Spiegel mit dem Koks hin.

Wenzel zog sich demonstrativ eine ordentliche *Line* durch die Nase. Er wusste, dass die schweren Jungs ihm nicht so schnell trauen würden und bestimmt dachten, er würde verdeckt gegen sie ermitteln.

Der Russe und der Türke sahen Wenzel skeptisch dabei zu, wie er seinen Zeigefinger befeuchtete und Koks-Reste vom Spiegel tupfte, bevor er sich damit das Zahnfleisch einrieb.

»Ich hab mit einem Kollegen bei der Grenzpolizei gesprochen. Man hat den Chrysler angehalten und gefilzt, aber nichts gefunden.«

Shaddow nickte und grinste seine Geschäftspartner mit einem gekünstelten Lächeln an.

»Hab ich´s nicht gesagt. Die Schmiere hat nicht den blassesten Schimmer!«

KAPITEL 29

Als Shaddow aus dem Gefängnis entlassen wurde, ahnte Kommissar Straubing, dass irgendetwas faul war. Er hatte ihn in den Knast gebracht und kannte den Luden vom Kiez gut genug, um zu wissen, mit wem er es zu tun hatte.

Zwar hatte man bei seiner Gerichtsverhandlung die Anklage wegen Mord an der Prostituierten Babsi Kaczynski aus Mangel an Beweisen fallen gelassen, aber Straubing wusste es damals besser. Die Spuren am Tatort waren dürftig gewesen und offensichtlich verwischt worden.

Zudem verschwand vorm Prozess auf unerklärliche Weise Beweismaterial aus der Asservatenkammer. Zu guter Letzt zog eine Zeugin, die Shaddow am Tatort gesehen hatte, ihre Aussage wieder zurück. Jemand hatte eine Nachbarin, die den Zuhälter bei einer Gegenüberstellung zweifelsfrei identifizieren konnte, seiner Meinung nach unter Druck gesetzt.

Die einzigen Anklagepunkte beruhten auf Aussage von Jana Wukowa, wegen brutaler Vergewaltigung und Zwang zur Prostitution.

Als Kommissar Straubing von dem Streifenpolizist Langeber erfuhr, dass Jana ihre Anschuldigungen bei Polizeiobermeister Wenzel schriftlich revidiert hatte, bevor Shaddow aus dem Gefängnis entlassen wurde, schrillten bei ihm sofort die Alarmglocken. Er schaltete die Interne Ermittlungsbehörde ein. Bei einer Überprüfung von Wenzels Smartphone stellte man schließlich fest, dass er nach Shaddows Haftentlassung in direktem Kontakt mit ihm stand. Das gab Anlass genug, ihn fortan observieren zu lassen.

* * * * *

Kurz nachdem Wenzel mit seinem Opel Omega durch die Einfahrt vom Schrottplatz gefahren war, bezogen Polizisten des Mobilen Einsatzkommandos aus Hamburg um das Gelände herum Stellung.
Ein Scharfschütze vom SEK legte sich auf das Dach von einer angrenzenden Industrieanlage. In einem grauen Van, der als Wagen einer Spedition getarnt war, befand sich die mobile Einsatzzentrale.
Einsatzleiter Eberhard von der Drogenfahndung saß vor einem Schaltpult mit diversen Monitoren und koordinierte von dort aus zusätzlich Polizisten des Sondereinsatzkommandos. Neben ihm rutschte Kommissar Straubing ziemlich unruhig auf seinem Platz rum.
»Keine Sorge Straubing, wenn die Falle zuschnappt, entkommt uns keiner von den schweren Jungs!«
Straubing zog die Stirn kraus und schaute Eberhard nachdenklich an.
»Die Handysignale sind weg, und wir wissen nicht, was da drinnen vor sich geht.«
Einsatzleiter Eberhard wendete sich vom Schaltpult ab und versuchte Straubings Nerven zu beruhigen.

»Das sind Profis, Herr Kollege. Die wissen, dass sie abgehört werden könnten.«

Straubing stand unter immensem Erfolgsdruck bei der Polizeidirektion. Er hatte die ganze Aktion an diesem Tag zu verantworten.

»Vielleicht hat Wenzel den Braten gerochen und ist gerade dabei, die Typen zu warnen.«

»Glauben sie mir, der ahnt absolut nichts von der Observierung. Ich habe eine Informationssperre bei allen Ermittlungsbehörden angeordnet!«, erwiderte Eberhard.

»Er hat doch vom Revier aus mit jemanden von der Grenzpolizei telefoniert?«

»Der eingeweiht war! Er hat ihm genau das gesagt, was er hören sollte.«

»Wo steckt der Konvoi jetzt?«, fragte Kommissar Straubing skeptisch.

Einsatzleiter Eberhard drehte sich wieder zu einem Monitor, auf dem eine Straßenkarte wie bei einem Navigationssystem abgebildet war. Die Autobahn A1 war deutlich erkennbar und darauf ein roter Lichtpunkt, mit der Markierung *ZO*, für Zielobjekt.

»Das *ZO* nähert sich gerade dem Autobahnkreuz Hamburg-Süd«, stellte Eberhard fest.

Straubing blickte wie gebannt auf den Monitor.

»Dann müssten sie bald hier auftauchen?«

Der Einsatzleiter nickte bestätigend.

»Sie können es wohl nicht abwarten, ein korrupten Polizisten zu entlarven.«

Straubing schaute den Einsatzleiter eindringlich an.
»Wenzel hat wahrscheinlich für Shaddow vor dem Prozess Beweismaterial aus der Asservatenkammer entwendet und danach verschwinden lassen. Deshalb konnte ich ihn nicht wegen Mord überführen!« Eberhard drehte sich um und klopfte Kommissar Straubing anerkennend auf die Schulter.
»Durch ihre Spürnase haben wir jetzt die einmalige Gelegenheit, die Bosse des größten Drogenrings aus Hamburg auffliegen zu lassen!«
»War auch eine gute Idee von ihnen, den Mercedes stoppen zu lassen und´n Peilsender im Kofferraum anzubringen«, sagte Straubing anerkennend.
Einsatzleiter Eberhard lächelte verschmitzt.
»Wir machen das schließlich nicht zum ersten Mal!«

KAPITEL 30

Jana war innerlich schon fast zum Jubeln zu mute. Sie ließ es sich aber nicht anmerken, wie erleichtert sie war, als der GMC mit Lutscher am Steuer ihren Benz überholte und danach zügig in die Straße zum Schrottplatz einbog.

Marco stopfte seine Zigarette in den Aschenbecher. Er drosselte die Geschwindigkeit, als das Haupttor in Sichtweite kam, wo der Van angehalten hatte.

Beule wartete vor dem Eisentor, bis Marco durchgefahren war. Er machte das Tor hinter ihm zu und stieg wieder in den Van. Marco folgte dem GMC im Mercedes bis vor die Karosseriewerkstatt.

Lutscher stellte den GMC neben den Edelkarossen ab. Beule verschwand sofort über die Außentreppe im Hauptgebäude.

Lutscher machte das Tor von der Werkstatthalle auf und gab Marco mit einem Wink zu verstehen, dass er rein fahren sollte. Also rollte er langsam hinein und stoppte. Noch bevor er den Motor ausgemacht hatte, eilte Shaddow durch das große Tor auf den Wagen zu. Marco und Jana verloren keine Zeit und stiegen aus dem Auto.

»So – die Sache ist erledigt. Wir sind quitt!«, sagte Marco und ließ die Autotür ins Schloss fallen.

Shaddow legte Marco scheinbar kameradschaftlich einen Arm auf die Schulter und nahm in beiseite.

»Ihr habt einen guten Job gemacht, aber ich brauche

euch noch. Ihr könnt jetzt nicht mehr aussteigen.«
Jana konnte nicht glauben, was sie da hörte und sah
Shaddow vorwurfsvoll an.

»Was soll das heißen? Du hast gesagt … .«

»Ihr beide wisst einfach zu viel. Sieh es mal so Jana,
du musst nicht mehr im *Dollhaus* herum hopsen. Ihr
macht einmal im Monat diese Tour und bekommt
dafür Knete von mir!«, sagte Shaddow verschmitzt
und klopfte Marco anerkennend auf die Schulter.

In dem Moment kamen seine Geschäftspartner mit
Wenzel und Lizzy in die Werkstatt. Marco sah den
Polizist verunsichert an.

»Wenzel – sie schon wieder?«

»Hab doch gesagt, unsere Wege kreuzen sich noch
öfter«, sagte Wenzel mit einem Auge zwinkernd.

Beule und Lutscher machten sich sofort daran, die
Rückbank vom Mercedes auszubauen. Alejew und
Orhan sahen ihnen neugierig dabei zu, während die
Bodyguards das Geheimfach öffneten.

Jana kochte innerlich vor Wut und wäre Lizzy am
liebsten an die Gurgel gegangen.

»Was hat die blöde Kuh hier zu suchen?«, fragte
Jana und sah Lizzy vorwurfsvoll an.

»Jetzt halt aber mal die Luft an«, fauchte Lizzy sofort, obwohl ihr klar war, weshalb Jana so reagierte.

»Halt´s Maul! Ihr könnt euch später die Augen aus-
kratzen«, sagte Shaddow genervt und beobachtete
Lutscher, während der endlich das Koks aus dem
Geheimfach holte und es an Beule weiterreichte, der

die braunen Päckchen in eine schwarze Sporttasche legte. Shaddow sah ihm kritisch über die Schulter und zählte im Kopf die Pakete ab. Jana begann sich Gedanken über Wenzels Rolle zu machen.

»Warum haben Sie mich eingebuchtet?«, fragte Jana und sah Wenzel vorwurfsvoll an.

»Du hast unbewusst in meinem Büro Shaddows Fahrkarte in die Freiheit unterzeichnet«, erwiderte Wenzel amüsiert.

Beule stieg schließlich mit Lutscher und der Sporttasche in der Hand aus dem Mercedes. Er übergab die Tasche Shaddow, der sie demonstrativ vor aller Augen auf der Kühlerhaube abstellte.

Shaddow drehte sich kurz zu Marco und Jana um. »Ihr beide gehört jetzt mir. Meine Partner verstehen kein Spaß, wenn´s um´s Geschäft geht. Also haltet euch bedeckt!«, sagte er warnend.

Orhan und Alejev sahen Marco und Jana grimmig an. Ihre Leibwächter schauten noch finsterer drein. Ihre Blicke ließen kein Zweifel daran, was mit ihnen passieren würde, wenn sie nicht spurten.

Shaddow entnahm die braunen Päckchen aus der Sporttasche. Er legte sie auf die Kühlerhaube vom Benz und wendete sich an seine Geschäftspartner.

»Ihr könnt jetzt den Reinheitsgrad testen. Dann will ich die Kohle auf meinem Tisch sehen!«

Plötzlich hörten sie eine laute verzerrte Stimme aus einem Megafon.

» Hier spricht die Polizei! Das Gelände ist umstellt. Kommen sie sofort mit erhobenen Händen heraus! «

Jana warf Marco einen hoffnungsvollen Blick zu. Er wusste sofort, woran sie dachte, nämlich die Gunst des Augenblicks zur Flucht zu nutzen.

Marco schüttelte kurz unmerklich den Kopf. Es war zu gefährlich, denn sie konnten dabei leicht in einen Kugelhagel der Polizeikräfte geraten.

Orhans und Alejews Leibwächter standen mit dem Rücken in unmittelbarer Nähe des Hallentors und sprangen instinktiv zur Seite.

Shaddow sah seine Geschäftspartner überrascht an. Dann wendeten sich alle Wenzel äußerst skeptisch zu und zogen ihre Waffen.

»Der Bulle ist´n verdeckter Ermittler!«, sagte Orhan wütend zu Shaddow, woraufhin sein Leibwächter auch die Waffe zog und Wenzel ins Visier nahm.

»Dann wäre ich nicht so blöd gewesen und hätte mich heute in die Höhle des Löwen begeben!«

Shaddow warf schnell das Koks in die Sporttasche. Seine Geschäftspartner liefen durch die Werkstatt, um sich irgendwo Deckung zu suchen. Marco und Jana verkrochen sich einfach im Mercedes.

Shaddows Bodyguards zogen ihre Waffen. Lutscher schlich sich langsam geduckt zum Hallentor und spähte vorsichtig nach draußen.

»Soweit ich das von hier aus beurteilen kann, wird die Einfahrt von mehreren Polizeiautos versperrt. Sehe aber keinen Bullen auf dem Gelände!«, sagte Lutscher in Richtung Shaddow gewandt, der jetzt mit Alejew und Orhan hinter einem Reifenstapel in Deckung gegangen war.

»Gibt's hier´n Hinterausgang?«, fragte Alejew und sah Shaddow flehend an.

»Nein – hab die Hintertür zugeschweißt. Wegen Diebstahl, du weißt schon … «, erwiderte Shaddow. Orhan boxte Shaddow auf den Oberarm und blickte ihn vorwurfsvoll an.

»Verdammt! Und wie kommen wir jetzt ungesehen hier raus?«

»Keine Panik. Es gibt noch´n Ausfahrt auf´m rückwärtigen Gelände zum Elbeseitenkanal. Dort liegt für alle Fälle ein Schnellboot vor Anker!«, erwiderte Shaddow beschwichtigend.

»Na Prima – und wie sollen wir unauffällig dahin kommen?«, fragte Orhan resigniert.

»Schlage vor, dass unsere Leibwächter ein kleines Ablenkungsmanöver starten!«, sagte Alejew.

»Gute Idee. Wir nehmen den GMC - der bietet die beste Deckung«, ergänzte Shaddow den Plan.

Alejev und Orhan gaben ihren Leibwächtern ein Zeichen. Die kamen sofort zu ihren Bossen. Alejew schaute seinen Leibwächter an und klopfte ihm auf die Schulter.

»Tut mir leid Kumpel. Du weißt wir haben Anwälte und genug Geld!«, sagte er bedauernd.

Orhan blickte seinen Leibwächter prüfend an. Der nickte nur wortlos. Shaddow winkte Lutscher und Beule zu sich und erklärte ihnen den Fluchtplan.

»Ihr verteilt euch mit den Leibwächtern von Alejev und Orhan auf dem Gelände und ballert dort ein bisschen herum. Danach ergebt ihr euch freiwillig!«

Seine beiden Bodyguards blickten sich gegenseitig mit betretener Miene an, als ihnen klar wurde, dass sie für ihren Boss in den Knast wandern sollten. Widerwillig ergaben sie sich dem unvermeidlichen Schicksal und gingen daraufhin zusammen mit den Leibwächtern von Shaddows Geschäftspartnern am Hallentor in Position.

KAPITEL 31

Die Leibwächter hatten keine andere Wahl. Irgendjemand musste in den sauren Apfel beißen und sich opfern, damit ihre Bosse fliehen konnten. Sie liefen mit Lutscher und Beule in geduckter Haltung aus der Halle, teilten sich auf und gingen hinter den Schrottautos in Deckung. Danach hörten sie wieder die laute Stimme des Polizisten aus dem Megafon!

»Ergeben sie sich - Widerstand ist zwecklos!«

Beule und Lutscher eröffneten zuerst das Feuer und zielten auf die Einsatzfahrzeuge am Haupttor. Der Scharfschütze vom SEK erwiderte das Feuer vom Dach aus und nahm das Schrottauto, wohinter sich die beiden Bodyguards versteckten, unter Beschuss. Schließlich begannen auch Orhans und Alejews Leibwächter herumzuballern. Beiden Seiten flogen die Projektile nur so um die Ohren. Sie schlugen in die Karosserien ein. Autoscheiben zerplatzten!
Polizisten vom Mobilen Einsatzkommando rückten mit Schutzwesten und schwer bewaffnet Stück für Stück auf das Gelände vor und verteilten sich, um die Angreifer einzukreisen.
Shaddow stand mit Alejew und Orhan seitlich am Hallentor. Sie warteten vergeblich einen günstigen Augenblick ab. Schließlich rannte Shaddow mutig durch den Kugelhagel zwischen den Luxuskarossen zum Van. Er riss die Fahrertür auf und hechtete in

den Fond. Dann startete er den Motor und fuhr los. Alejev sprintete auf den fahrenden GMC zu. Er riss die Beifahrertür auf, sprang auf den Sitz und knallte die Tür zu. Orhan schaffte es gerade noch im allerletzten Moment den Van zu erreichen. Das Projektil vom Scharfschützen ging knapp an ihm vorbei und durchschlug die Karosserie. Er zog die Seitentür zu! Dann hörte er es mehrmals Klacken, als Kugeln am hinteren Kotflügel vom Van einschlugen.

»Gib Vollgas – verdammte Scheiße, die schießen scharf!«, schrie Orhan panisch nach vorne.

Shaddow trat das Gaspedal durch und steuerte den GMC mit durchdrehenden Hinterrädern um die Halle herum auf das rückwärtige Gelände.

Die Einschläge von etlichen Projektilen ließen das Blech bersten. Das Rückfenster wurde plötzlich von einer Kugel zertrümmert. Shaddow fuhr trotzdem mit Vollgas an den aufgetürmten Schrottautos vorbei und näherte sich schnell der hinteren Ausfahrt. Orhan zwängte sich Schutz suchend bei der wilden Raserei hinter den Sessel.

»Scheiße! Die hintere Ausfahrt wird ebenfalls von Polizeiautos blockiert«, schrie Alejew aufgeregt.

Orhan kam durch den Mittelgang vom Van nach vorn und hockte sich zwischen die Vordersitze. Er schaute durch die Windschutzscheibe und sah auch die Polizisten in schusssicheren Westen hinter den Polizeiautos stehen. Sie eröffneten sofort das Feuer auf den sich mit Höchstgeschwindigkeit nähernden

Van. Shaddow und Alejew duckten sich schnell zur Seite, als die Windschutzscheibe von Kugeln durchsiebt wurde.

»Halltet euch fest!«, schrie Shaddow und raste mit unverminderte Geschwindigkeit auf die Ausfahrt zu. Orhan ging schnell nach hinten und setzte sich diesmal auf den Sessel im Heck. Er schnallte sich an und hielt verkrampft die Armlehnen fest.

Die Polizisten retteten sich im letzten Moment und machten einen Sprung zur Seite, als der GMC mit voller Wucht die Polizeiautos rammte. Stoßstangen und die Karosserieteile knirschten bei dem heftigen Zusammenstoß.

Der Van hob beim Aufprall ab. Als die Vorderräder wieder auf den Boden schlugen, verlor Shaddow durch die Erschütterung beinahe die Kontrolle über den Wagen.

Auf dem Beifahrersitz klammerte sich Alejev mit den Händen an die Armaturen. Er wurde nach vorn und zurück geschleudert und schlug mit seinem Schädel heftig gegen die Kopfstütze.

Shaddow raste über eine Bodenwelle. Der Van hob ein weiteres Mal ab. Die Stoßdämpfer krachten und der Auspuff flog weg. Sie näherten sich rasant dem Hafengelände. Dann erblickte Alejew kurz darauf am Elbe-Seitenkanal ein Steg, der zu einem Anleger führte. Daran lag ein Schnellboot vertäut.

»Bist du sicher, dass das Boot auch fahrtüchtig ist?«, fragte Alejew misstrauisch.

Shaddow warf ihm einen triumphierenden Blick zu. »Ist immer vollgetankt – für alle Fälle!«

Shaddow machte eine Vollbremsung und stoppte den GMC unmittelbar vorm Steg. Alle drei Männer hechteten aus dem Van und liefen auf den Anleger. Das Schnellboot war nicht besonders groß. Es gab keine Fahrerkabine, sondern nur eine Vorder- und eine Rückbank. Shaddow schwang sich hinter das Steuer und versuchte den Außenborder zu starten. Es gab einen Knall und dann ging der Motor wieder aus. Orhan war dabei, am Bug das Tau zu lösen. Er sah sich erschrocken um und zog seine Waffe, aber zu seiner Erleichterung entdeckte er keinen Gegner. Alejew sprang auf das Heck und kletterte über die Rückbank nach vorne.

»Rutsch rüber und lass mich mal ran! Ich bin auf der Wolga oft Boot gefahren.«

Shaddow rutschte widerwillig auf der Vorderbank nach links und Alejew klemmte sich hinters Steuer. Er zog den Gashebel ein paar Mal nach hinten und schob ihn ganz weit nach vorn. Danach betätigte er die Zündung. Der Motor sprang stotternd an.

Plötzlich raste eines der lädierten Polizeiautos auf den Anleger zu. Orhan sprang auf die Rückbank.

»Los, los – die Bullen kommen!«

Alejev blickte sich kurz erschrocken um und legte schnell ab. Endlich lief der Motor einwandfrei und dann brauste er mit Vollgas auf dem Kanal entlang. Zwei Polizisten sprangen aus ihrem Fahrzeug, und mussten tatenlos dabei zusehen, wie die flüchtigen Schwerverbrecher auf der Elbe mit dem Schnellboot in Richtung vom Hamburger Hafen verschwanden. Einer der Polizisten setzte sich schnell in das Auto und alarmierte über Funk die Wasserschutzpolizei!!

KAPITEL 32

Jana kauerte ängstlich im Fußraum vom Mercedes, während draußen vor der Werkstatthalle die Hölle los war. Sie hörte dumpfe Pistolenschüsse auf dem Schrottplatz von Shaddows Bodyguards und den beiden anderen Leibwächtern, sowie Gewehrfeuer von dem Scharfschützen des SEK.

Jana fühlte sich wieder an den Kosovokrieg erinnert und erschrak bei jedem Schuss. Marco saß auf dem Fahrersitz und tätschelte sanft ihre Schulter, um sie zu beruhigen.

»Ich werde die nächste Feuerpause nutzen und uns hier raus bringen.«

Jana sah kurz auf und blickte Marco verzweifelt an.

»Falls du mit´m Auto durch den Kugelhagel fahren willst, steige ich sofort aus!«

Auf einmal wurde eine der Hintertüren aufgerissen. Lizzy rutschte auf die Rückbank und Wenzel setzte sich schnell neben sie hinein. Erst als die Hintertür zugeschlagen wurde, drehte sich Marco überrascht um und Wenzel richtete sofort seine Pistole auf ihn.

»Du wirst dich nicht vom Platz rühren, bis der Spuk vorbei ist!«, sagte Wenzel mit drohendem Unterton in der Stimme.

Marco sah gleichgültig auf die Pistole und blickte Wenzel verächtlich an. »Wollen Sie uns verhaften?«

Als Jana bemerkte, dass Lizzy mit eingestiegen war, verwandelte sich ihre Angst in unbändige Wut um.

»Ich muss hier sofort raus! Ich will mit der Nutte nichts zu tun haben«, schrie Jana und kroch auf den Sitz. Bevor sie die Beifahrertür öffnen konnte, zielte Wenzel mit der Waffe auf sie.

»Du bleibst hier drin, oder ich knall dich ab!«

»Denken Sie etwa, dass ihre Kollegen nicht schon längst wissen, was für'n schmutziges Spiel Sie hier treiben?«, entgegnete Marco verunsichert.

Wenzel lud die Waffe schnell durch und richtete sie mit nervösem Zeigefinger am Abzug auf Marco.

»Wem wird man wohl eher glauben, einem Polizist oder'm Drogenkurier?«, erwiderte Wenzel herablassend.

* * * * *

Der Scharfschütze vom SEK hielt mit gut gezielten Schüssen von dem Dach aus die Gegner in Schach. Dadurch konnten die Männer des MEK endlich auf dem Gelände vom Schrottplatz weiter vordringen.

Alejew´s Leibwächter rettete sich in letzter Sekunde vor dem Kugelhagel hinter einem Schrottberg.

Orhan´s Leibwächter entschied sich zu fliehen und rannte durch den Kugelhagel zum Porsche Cayenne seines Bosses. Er hechtete in den Wagen und raste mit hohen Tempo um die Werkstatthalle herum auf die rückwärtige Ausfahrt zu.

Dort hatten sich Scharfschützen des SEK hinter den verbeulten Polizeiautos verschanzt. Die eröffneten daraufhin gezieltes Feuer auf die Edelkarosse. Beide Vorderreifen platzten. Dann explodierte der Kühler.

Der Qualm vernebelte dem Leibwächter die Sicht nach vorne. Er verlor die Kontrolle und kollidierte mit einem Schrottauto. Der Frontalzusammenstoß katapultierte ihn durch die Windschutzscheibe. Er flog auf die Kühlerhaube und blieb reglos liegen.

Ein Scharfschütze kletterte an der Rückseite von der Werkstatt über eine rostige alte Leiter auf das Dach. Er robbte auf dem Bauch zur Kannte und nahm von dort Alejevs Leibwächter ins Visier. Zwei Projektile prallten vom oberen Schrottauto ab und verfehlten den Leibwächter nur knapp. Er guckte sich panisch um und rannte zum nächstgelegenen Schrottberg.

Dahinter hatten auch Lutscher und Beule eine gute Deckung gefunden. Der Leibwächter kam zu ihnen. »Den Türken hat´s erwischt und ich mache´s auch nicht mehr lange!«

Lutscher und Beule kontrollierten das Magazin in ihren Waffen. Sie waren leer!

»Es wird Zeit sich zu ergeben«, sagte Lutscher.

Alejew´s Leibwächter kontrollierte sein Magazin. Es war auch leer, aber er hatte noch eine Patrone im Lauf. Er entlud seine Waffe und die Patrone fiel vor seinen Füßen auf den Boden. Er nickte und daraufhin warfen alle zusammen ihre Pistolen deutlich sichtbar auf den Fahrweg. Lutscher fand in einem der Schrottautos, hinter denen sie hockten, ein alten öligen Lappen. Den schnappte er sich und wedelte damit in der Luft herum. Darauf ertönte plötzlich die Stimme des Einsatzleiters durch das Megafon.

» *Feuer einstellen!* «

Augenblicklich legte sich eine gespenstische Stille über den Schrottplatz. Die Polizisten des Mobilen Einsatzkommandos bewegten sich lautlos in ihren kugelsicheren Westen und mit halbautomatischen Waffen auf den Schrottberg zu. Einige gingen hinter einem Schrottauto in Deckung, während sich der Einsatzleiter Eberhard auf dem Fahrweg mit seiner Waffe im Anschlag langsam näherte.

»Kommen sie sofort mit erhobenen Händen hinter dem Schrottberg vor!«

Lutscher wedelte weiter ängstlich mit dem Lappen in der Luft herum.

»Nicht schießen – wir ergeben uns!«

Die Polizisten des MEK gaben Eberhard Deckung. Er trat die auf dem Boden liegenden Pistolen mit seinen Füßen beiseite. Lutscher kam zuerst mit erhobenen Händen hinter dem Schrottberg hervor. Eberhard zielte weiter mit seiner Waffe auf ihn.

»Keine falsche Bewegung, oder ich schieße! Wo sind ihre Komplizen?«

Darauf kam auch Beule, dicht gefolgt von Alejew´s Leibwächter, zögernd mit erhobenen Händen hinter dem Schrottberg hervor. Beide stellten sich neben Lutscher. Sie rührten sich nicht mehr von der Stelle! Polizisten des MEK kamen mit schnellen Schritten auf sie zu und legten ihnen sofort Handschellen an. Danach führten sie alle zusammen in Richtung zum

Haupttor ab. Kommissar Straubing lief im Gefolge von einem Team des SEK über den Schrottplatz auf Eberhard zu. Die Polizisten sicherten das Gelände.

»Das sind nur die Bodyguards. Die anderen stecken irgendwo in dem Gebäude!«, bemerkte Straubing.

»Die holen wir uns jetzt!«, erwiderte Eberhard.

Der Einsatzleiter gab den Männern ein Zeichen. Daraufhin setzte sich der Stoßtrupp mit den beiden Kommissaren an der Spitze langsam in Bewegung und schlich sich an die nahe Werkstatt heran.

Einsatzleiter Eberhard ging mit den Polizisten vom SEK vor dem Eingangstor in Position.

Kommissar Straubing lief sofort mit einem schwer bewaffneten Mann über die Außentreppe von dem Hauptgebäude in den ersten Stock hinauf.

Straubing entsicherte schnell seine Waffe und hielt sich schussbereit, während der Polizist die Tür aufriss. Cane überraschte den SEK-Mann und sprang an ihm hoch. Er biss sich am rechten Unterarm fest, womit der seine MP im Anschlag hielt.

Der Polizist verlor das Gleichgewicht und ließ die Waffe los. Cane ließ nicht locker und zerrte ihn in den Vorraum. Straubing hatte nicht mit einem derartigen Angriff gerechnet, aber dennoch stürmte er durch die Tür und zielte auf den Höllenhund.

Cane ließ kurz vom Unterarm des Mannes ab und fletschte knurrend die Zähne. Straubing schoss! Das Jaulen schmerzte in seinen Ohren. Der Pitbull hatte ein klaffendes Loch in der Brust und kippte tot um!!

Kommissar Straubing half dem SEK-Polizist wieder auf die Beine. Der nahm seinen Helm ab um besser Luft zu kriegen und betrachtete seinen Unterarm.

»Sind Sie verletzt?«, fragte Straubing.

Der Polizist besah sich die Schutzmontur an seinem Unterarm, die einen deutlichen Abdruck von dem Gebiss eines Hundes aufwies. Er bewegte kurz das Handgelenk und hob danach seine MP auf.

»Kein Problem – wir müssen das Gebäude sichern!«

Straubing nickte wortlos und begann mit dem SEK-Polizist das Obergeschoss schnell zu durchsuchen.

KAPITEL 33

Polizeiobermeister Wenzel starrte äußerst gespannt durch die Heckscheibe des Mercedes auf die herannahenden Einsatzkräfte des SEK. Er wusste genau, nach welchem Prozedere diese Polizisten vorgehen und hoffte insgeheim, dass Marco eine Dummheit machte. Eine falsche Bewegung genügte schon und er würde sich eine Kugel einfangen.

Jana wurde es immer mulmiger, als sie die schwer bewaffneten Männer mit ihren MP´s im Anschlag auf das Werkstatttor zukommen sah. Sie wirkten in ihrer schwarzen Montur mit den Schutzhelmen wie utopische Soldaten von einem anderen Stern.

Jana umfasste Marcos rechte Hand und schaute ihn ängstlich an. Er hielt sie fest und zwinkerte ihr mit der Gewissheit zu, dass jetzt gleich alles vorbei sein würde.

Plötzlich drückte Wenzel den Lauf seiner Pistole an Marco´s Hinterkopf.

»Wenn ihr gleich wie die Kanarienvögel zwitschert, mach ich euch kalt!«

In dem Moment wurde der Mercedes blitzartig von Einsatzleiter Eberhard und dem SEK umstellt. Die Männer postierten sich schnell mit ihren Waffen im Anschlag um den Wagen herum und zielten damit auf die Insassen. Eberhard richtete seine Waffe auf Wenzel.

»Waffe runter, werfen Sie die Pistole sofort aus dem Fenster!«

Marco drückte an der Mittelkonsole auf eine Taste, woraufhin das Fenster auf Wenzel´s Seite herunter glitt. Ein SEK Polizist richtete seine MP auf Markos Kopf, als er die Hand von der Mittelkonsole nahm. Marco sah ihn erschrocken an und legte brav beide Hände auf das Lenkrad.

Wenzel hielt demonstrativ die Waffe mit Daumen und Zeigefinger am Lauf aus dem Seitenfenster. Schließlich ließ er sie einfach auf den Boden fallen. Eberhard stieß sie sofort mit einem Fuß zur Seite.

»Sofort raus da – alle steigen jetzt langsam mit den Händen hinterm Kopf aus!«

Die umstehenden Polizisten vom SEK machten die Autotüren auf. Alle Vier stiegen gleichzeitig mit erhobenen Händen aus dem Auto und hielten sie wie befohlen hinter den Köpfen. Sie postierten sich nebeneinander vor dem Mercedes.

Eberhard nahm langsam seine Waffe runter. Die Polizisten des SEK zielten weiter mit ihren MP´s auf die gestellten Insassen.

»Jetzt drehen sich alle um und legen die Hände auf das Autodach!«, befahl Eberhard.

Bis auf Wenzel wendeten sich alle um. Der wies mit einer kurzen Handbewegung auf Marco und Jana.

»Ich bin Polizist. Ich habe die beiden Drogenkuriere im Auto festgesetzt!«

Wenzel wollte zum Beweis seine Polizeimarke aus der Innentasche ziehen, aber Eberhard hob sofort warnende eine Hand. Er nickte zwei Polizisten zu, woraufhin sie anfingen Marco und Jana abzutasten.

Als sie ihnen die Arme auf den Rücken drehten, um Handschellen anlegen zu können, kam Kommissar Straubing in die Werkstatthalle gestürmt. Er eilte zu Eberhard und redete leise auf ihn ein.

»Die beiden können Sie laufen lassen. Ich will nur Wenzel einbuchten!«

Die beiden Polizisten, die noch dabei waren Marco und Jana die Handschellen anzulegen, hielten inne und guckten Eberhard fragend an. Der nickte kurz bestätigend. Die SEK Polizisten packten Wenzel an den Armen, der sich verzweifelt im festen Griff der Beamten sträubte.

»Straubing – Sie kennen mich doch. Ich bin Polizist. Die beiden da sind Verbrecher!«, schrie Wenzel.

Die Polizisten verloren die Geduld. Einer von ihnen stieß Wenzel die Beine auseinander und hielt seine Handgelenke fest. Danach legte ihm der Kollege die Handschellen an.

»Das können sie dem Staatsanwalt weismachen. Ich verhafte Sie jetzt im Namen des Gesetzes wegen Korruption und Unterstützung des organisierten Verbrechens!«, sagte Straubing.

Wenzel wurde nach draußen abgeführt. Plötzlich knarzte es im Funkgerät von Eberhard. Er lauschte aufmerksam und alle anderen konnten ebenfalls die aufgeregte Stimme von einem SEK-Polizist hören.

»Die Wasserschutzpolizei hat soeben die flüchtigen Syndikats-Bosse auf der Elbe in einem Schnellboot aufgebracht und festgenommen!«

Einsatzleiter Eberhard warf Kommissar Straubing einen bedeutsamen Blick zu und fragte schließlich neugierig weiter.

»Haben Sie auch die Drogen sichergestellt?«

Es knackte wieder im Funkgerät. Der Polizist klang äußerst stolz bei seiner Antwort.

»Sie haben auf dem Boot eine schwarze Sporttasche mit zehn Päckchen Koks gefunden!«

Eberhard reichte das Funkgerät an einen Kollegen weiter und wendete sich an Straubing.

»Haben Sie das mitgehört – dann war der ganze Einsatz ein voller Erfolg!«

Straubing nickte erleichtert und sah anschließend Marco und Jana betont kritisch an.

»Sie beide hatten eine ziemlich unrühmliche Rolle in diesem Spiel.«

Marco legte einen Arm auf Janas Schulter und sah Kommissar Straubing etwas verunsichert an.

»Ich würde eher sagen, unfreiwillig!«

»Sie waren zu keinem Zeitpunkt in ernster Gefahr. Wir haben sie observiert«, verriet Eberhard stolz.

Marco und Jana schauten den Einsatzleiter total verdutzt an, während Straubing kurz im Fond des Mercedes stöberte und die Wagenpapiere aus dem Handschuhfach holte. Er begann die Eintragungen zu studieren.

»Wenn ich das richtig sehe, ist das Ihr Auto?«

»Nun ja – Shaddow hat es … «, setzte Marco zur Rechtfertigung an, doch Straubing hob plötzlich die

Hand und übergab ihm einfach die Autopapiere.
»Mehr will ich nicht wissen!«, erwiderte Straubing und zwinkerte Einsatzleiter Eberhard kurz zu.
»Wir wünsche ihnen gute Fahrt.«
Marco und Jana schauten die beiden Kommissare ungläubig an.
»Nun machen sie schon, bevor ich es mir anders überlege!«, sagte Straubing schmunzelnd.

KAPITEL 34

Marco setzte sich hinter das Steuer und startete den Motor, während Jana schnell auf dem Beifahrersitz platz nahm. Beide konnten ihr Glück kaum fassen. Als sie langsam aus der Halle fuhren, stand davor bereits ein Polizeiwagen, worin man gerade Wenzel zum einsteigen aufforderte.

Der korrupte Polizist blickte sich verblüfft um, als Marko und Jana in dem Benz an ihm vorbeirollten. Marco fuhr an weiteren Einsatzfahrzeugen des SEK vorüber in Richtung Haupttor. Niemand versuchte sie aufzuhalten. Er lenkte den Mercedes 500 SL auf die Autobahn Richtung Elbbrücken.

Die Sonne senkte sich tief am orangeroten Horizont. Jana tätschelte Marco´s Hand!

»Und was machen wir jetzt mit der unverhofften Freiheit?«, fragte Jana erleichtert.

Marco schaute Jana fröhlich an.

»Ich plündere mein Bankkonto und dann könnten wir in den Urlaub fahren!«

Jana reckte ihren Kopf und gab Marco einen Kuss auf die Wange.

»Gute Idee - und wohin willst du mich entführen?«

Marco blickte Jana verschmitzt lächelnd an.

»An die Coté Azur!«

Marco wendete den Wagen an einer Kreuzung und trat das Gaspedal voll durch. Er fuhr nicht über die Elbbrücke und ließ den Hamburger Hafen mit den Elbvororten schnell hinter sich in Richtung Süden.

Pimp My Friend I

Romantische
Abenteuergeschichte

Die junge Kosovarin Jana wird von einem dubiosen Fotografen
mit vagen Versprechungen nach Hamburg geschickt, um dort
für eine Modellagentur Fotos zu machen. Sie gerät in die Fänge
des berüchtigten Zuhälters Shaddow, der Jana zwingt auf dem
Kiez anschaffen zu gehen. Sie will sich nicht mit dem Schicksal
abfinden und unterschlägt immer wieder etwas von dem Geld,
dass sie von ihren Kunden bekommt. Shaddow überrascht sie
eines Abends alleine in der Wohnung, die sich Jana mit einer
Prostituierten teilt. Er schlägt Jana brutal zusammen und droht
sie umzubringen, wenn sie versucht abzuhauen. Jana ist total
am Ende. Sie lässt sich aber trotzdem von ihrer Mitbewohnerin
Babsi überreden, auf eine Geburtstagsfete von einem Freier mit
zu kommen. Dort lernt sie den Versicherungsvertreter Marco
kennen, der gerade seinen Job verloren und am selben Tag die
Ehefrau mit einem jungen Typ im Bett erwischt hat. Das ist der
Beginn einer abenteuerlichen Liebesgeschichte und Flucht quer
durch Norddeutschland, vor den Bodyguards des Zuhälters.

Erschienen im BoD Taschenbuchverlag
ISBN: 978-3-7448-1025-8